U0582240

人间幸不幸

［日］二元山里子 著

SPM
南方传媒 花城出版社
中国·广州

图书在版编目（CIP）数据

人间幸不幸 /（日）元山里子著. -- 广州 ： 花城出
版社，2024.5
ISBN 978-7-5749-0243-5

Ⅰ．①人… Ⅱ．①元… Ⅲ．①散文集－日本－现代
Ⅳ．①I313.65

中国国家版本馆CIP数据核字(2024)第083751号

出 版 人：张　懿
责任编辑：揭莉琳
责任校对：衣　然
技术编辑：凌春梅
封面设计：DarkSlayer

书　　　名	人间幸不幸
	RENJIAN XING BUXING
出版发行	花城出版社
	（广州市环市东路水荫路 11 号）
经　　销	全国新华书店
印　　刷	广东鹏腾宇文化创新有限公司
	（广东省珠海市高新区唐家湾镇科技九路 88 号 10 栋）
开　　本	880 毫米 ×1230 毫米　32 开
印　　张	8.25　1 插页
字　　数	180,000 字
版　　次	2024 年 5 月第 1 版　2024 年 5 月第 1 次印刷
定　　价	42.00 元

如发现印装质量问题，请直接与印刷厂联系调换。
购书热线：020-37604658　37602954
花城出版社网站：http://www.fcph.com.cn

代序

江少川

　　2019年春，我应日本华文文学笔会之邀去东京参加"日本华文文学创作与评论国际研讨会"，时为4月上旬，正值东瀛樱花烂漫的最美时节。这个时节与日本华人作家进行面对面交流自然是分外惬意的事。讨论会上，一位女作家的发言引起我的特别关注。她谈到新著《他和我的东瀛物语——一个日本侵华老兵遗孀的回忆录》的创作历程。她与曾经是侵华老兵的丈夫在日本与中国的经历种种，使我深受感动。与一般作家创作谈不同，这部作品中的"我"就是现实中真实的她。她既是作者，也是作品中的人。晚宴中她与我坐在同一圆桌席上就餐，还在继续下午讲述的故事，并送我这本新书，她就是日本华文女作家元山里子。

　　元山里子是中日混血儿，父亲为厦门大学教授，母亲为日本人。她1983年去日本留学，毕业以后移居日本，后来与元山俊美结婚。疫情前三年，她在花城出版社接连出版了《三代东瀛物语》与《他和我的东瀛物语——一个日本侵华老兵遗孀的回忆录》两部长篇作品。这两部非虚构"物语"均为长篇传记。尤其是第二部，

1

正如封面上的推介语所写："一个日本侵华老兵遗孀的回忆录，从被迫成为日本侵华士兵到坚定的反战社会活动家，从带着刺刀到带来象征和平友好的樱花。"这本书问世后引起海内外的广泛关注，反响热烈。

今年5月，元山里子传来她的第三部"物语"的书稿，与前两部长篇"物语"不同，《人间幸不幸》是一部短篇集，收录了三十多篇散文随笔。它与前两部"物语"一脉相承，仍然为非虚构之作。如果说前两部"物语"的重心在写家族中三代人，写丈夫元山俊美与她共同"反战"的生活经历，这第三部"物语"的重心，则是在写独行的"我自己"，展现一位女性在职场与个人日常生活中平凡的故事，如从业、交友、个性、嗜好、情趣、品位以及写作等。《人间幸不幸》与前两部"物语"组合起来，似乎可称为"一个中国女人的东瀛物语三部曲"了。

日本作家厨川白村认为"作为自己告白的文学"，用散文这种体裁"是最为便当的"，它写"不伪不饰"的自己，是写真实的"我"的非虚构之作。元山里子说，自己走上文学之路是受到教日语作文斋藤老师的指点："写出只属于我一个人的小故事。""日本人特别爱写具体的小故事。这种文体在日本叫'随笔'，我在日本作文课的收获，就是学了写'具体'。"这本新作中的短篇，都是写元山的亲身经历、只属于她独有的小故事。包括怀人、记事与随笔散文。

散文随笔是"我"亲身经历的人和事的文学书写。元山里子说，她写的这些"属于我的小故事"，"是曾经在我的生命中遇到过的、又从不消失的人"。有缘在人世间相遇，又从来没有消失，足见这样的人在她生命中位置之重。她以自己的人生体验与感悟，写这些普通人物的生存境遇，表现他们的性情与个性，揭示人物的精神世界，发掘人性中美的品格。作家终生难忘与她有过合作的东京一家服装公司的女社长洋子。在公司面临连锁破产的灾难之际，洋子把攸关公司性命的信息透露给她，宁可"把危险留给自己，把安全给了我"，自己承担风险也不将危险转移、拖累到她这样的供应商身上（后来的结局果真是悲剧，洋子社长的公司破产了）。作家在《漂亮的女朋友》中展示出洋子社长舍己为人、勇于担当的儒商风范与美的人格。

元山里子对社会底层小人物的生存书写尤为动人。《幸子太太的战争十字架》一文中，八十多岁的小饭馆店主幸子太太向元山讲述了她命运多舛的一生：幸子结婚刚三年，她的丈夫就被征兵送到日军侵华的战场，二战结束后被苏军俘虏病死在西伯利亚。丈夫离开家时才二十一岁的幸子带着两个小孩（一个还在腹中），独自一人支撑起破碎的家，五十多年来含辛茹苦，靠开这个小店把孩子抚养成人。她从一个女人、母亲的角度怀念了往昔短暂的幸福生活，痛恨日军侵华的那场罪恶的战争，她对元山说："我家主人到中国去打仗，中国人也受到很大的伤害。战争真是罪恶的东西……"她诉说自家的不幸，还为中国人深受伤害感到痛心。散文表现了一位饱经沧桑的老妇善良、仁爱与深明大义的品德。从元山与幸子类似的命运中，我读出了女作家悲悯的心与人文情怀。

元山里子本人为中日混血，她留学移居日本，又嫁给日本人。父女两代都选择了中日跨国婚姻，与中日两国血脉相连，深深结缘，中国与日本都是她的家乡。她本人既在中国受过高等教育，又去日本留学，能用双语进行文学写作。她的散文打上了浓重的中日文化混融的印记，成为传递中日两国民间友谊的文学使者。

在东京有一家元山经常光顾的"兵六"居酒屋，店内墙上挂有一幅鲁迅先生的画像，以及鲁迅题写的两句诗"横眉冷对千夫指，俯首甘为孺子牛"（见《鲁迅与东京的居酒屋》）。原来兵六掌柜的父亲当年与鲁迅是好朋友，掌柜见来自中国的元山竟然会背诵鲁迅这两句诗的全文，兴奋不已，当即呼伙计"献酒"！这一缘分，带来了元山里子与这家居酒屋十九年清水般的友谊。

《古都有约》写的是在半个世纪中京都发生的往事。元山的父亲与忘年交好友贝冢茂树教授及夫人曾几度（到日本留学与后来赴日讲学期间）光顾京都"五佐卫门"料理店老铺。元山里子后来到京都拜访贝冢茂树教授，他已过世，元山陪同贝冢夫人一起再次到这个老店饮酒叙旧。二十年后，父亲的恩师夫妇都已仙逝，元山一个人去京都光顾"五佐卫门"店，受到接替传承老铺的店主热情接待。《虽独处却不孤》写元山两次拜访了她母亲女子高中的同学宫本太太，还代表母亲参加了高中同学会，留下了一段非常难忘的记忆。中日老一辈人的深厚友情在民间一代代延续。

周作人在其《日本的衣食住》一文中写道："我们在日本的感觉，一半是异域，一半却是古昔，而这古昔乃是健全地活在异域的。"元山的散文写东京、京都、桑名等地的异域文化风情，随处可见中国文化的深远影响与印记。她的散文中经常出现的汉字、地名、寺庙，东京居酒屋、京都料理店的旗幡、红灯笼，还有宗教、服饰、饮食、习俗等，都使中国人读后感到格外亲切。《古都有约》中，元山写她信步行走在有千年帝都历史的京都左京区：

> 到处都有名胜古迹，东有南禅寺、永观堂、哲学之路、银阁寺；西有平安神宫、美术馆、鸭川河畔；南有青莲院、知恩院、圆山公园、八坂神社、祇园；北有金戒光明寺、真如堂、吉田神社。光这些闪耀着中国古汉语的名字，就好像可以触摸到它的历史厚重感。这里还布满了最淳朴精致的百年老铺。

从中可以感受到中国元素已渗透在这些名胜古迹之中，它也是中日文化悠久历史渊源的见证。读此文不禁想起赵朴初先生纪念鉴真大师的诗句："今古事，去来心，海潮往复两邦情。"

品读散文随笔集《人间幸不幸》，感受到作者的审美个性与特色，可概括为三点：第一，气象冲和：冲和，即和也，指散文呈现出平和、淡远的境界。第二，感情温厚：情感表述温和、醇厚，而非激愤、昂扬似的奔泻。第三，文辞浑朴：语言质朴，去雕饰，不做作，力求自然、凝练。万物之和是中国传统文化崇高的美学境界。老子曰："万物负阴而抱阳，冲气以为和。"《论语·颜渊》曰："君子成人之美，不成人之恶。"周作人的散文也极慕平淡自然的境地。元山里子散文中的怀人、记事和其他随笔散文，无论是写人际交往、亲朋往来，或生活琐事、饮酒品茶，尤其是涉及人的困惑、烦恼与痛苦等境况，都会让人体验到作家的这种审美追寻。如《在东瀛命悬一线》一文，她记述了因一场车祸住院前后的经历，然而对造成车祸的对方却没有一丝怨恨。结尾写道："人与人之间没有想不到的恶意，只有诚心诚意的善意，这样的社会让我很感动。这次车祸，我没有感到不幸，因为在遇到这场车祸后，我从中遇到了人间之善和美。"而《这场悲情，没有谁对谁错》中，作家写了自己的一场没有结局的中年恋，虽然由于男方母亲很在意元山是一个中国人，两人没有走到一起，但"十年过去了，碰见还是那么亲切，互相没有怨，也没有恨，有的只是互相祝福，这就是人间爱吧"！元山里子的随笔语气温和，文辞渊雅，情理相融，读来特别亲切平和。"他不否定什么，也不诅咒什么，总是以爱和祝福来看待一切。……他医治着灵魂的苦难、心灵的创伤。"（别林斯基论述普希金诗语）用这两句话评价元山散文的审美个性也很适合而不为过。

2023年10月12日

（江少川，华中师范大学文学院教授，武昌首义学院中文系前系主任，硕士生导师。中国世界华文文学学会名誉副监事长。）

目 录

古都有约

　　日本的城市，与中国最大的不同在于它可以用性别、性格来划分。我觉得东京是商业型的城市，京都则是文化型的城市。

　　久住东京，去京都时，就好像走进五彩缤纷的女儿国。京都最繁华热闹的大街叫"四条通"，相当于上海的南京路吧。

　　走在四条通大街上的时候，总会被扑面而来的怀古风情所吸引。街上那三三两两穿和服的女性，显示东方线条的娇柔秀美。当你经过她们身旁时，那轻轻的一个不经意的躬身，使你瞬间仿佛与这个古老的城市有了一种关系，不禁令人心情愉悦。她们轻柔得像春日朝阳初升下拂过的轻风，仿佛翩翩翻飞在充满神秘触感的美丽诗篇里，流淌着与东京不一样的缓慢的时间，瞬间犹如穿越到古代宫廷女官紫式部写的《源氏物语》时代，大有不知天上人间之感。

其实我去京都，是有一个固定去处的，而且每次都如同去见昔日的旧居那样，怀着忐忑的期盼而去，抱着依依不舍的心情而归。

这种有依恋、有目标的访问，增添了现代人已经淡漠的"走亲戚"的色彩，能够给短暂的旅行带来持久的欢愉与期盼。

是一个什么地方那么牵引着我？那是京都古香古色、万千百年老铺中的一家日本料理店。不过，这家老铺并不是在繁华的四条通，而是在京都的左京区。

左京区是京都众多名校聚集的一个区域，最著名的有国立大学京都大学，要知道一个京都大学至今就有5位诺贝尔奖得主；其他国立大学还有京都工艺纤维大学。公立大学有京都府立大学；私立大学更多，比如京都精华大学、京都造型艺术大学等。可以说左京区集中了京都最精锐的头脑。而且信步行走，到处都有名胜古迹，东有南禅寺、永观堂、哲学之路、银阁寺；西有平安神宫、美术馆、鸭川河畔；南有青莲院、知恩院、圆山公园、八坂神社、祇园；北有金戒光明寺、真如堂、吉田神社。光这些闪耀着中国古汉语的名字，就好像可以触摸到它的历史厚重感。这里还布满了最淳朴精致的百年老铺。

其中很多老铺都是不公开招揽客人的，俗称"隐匿酒家"。我千里迢迢前往京都的日本料理店，就是这种"隐匿酒家"。它类似中国的"私人会所"，即要熟人介绍，但是不必像中国的"私人会所"那样交昂贵的"年会费"。

"隐匿酒家"通常在深巷里，也就是店主自家祖传宅邸的门

人间幸不幸

庭一角。虽然也挂着"暖帘"（挂在铺子门上印有商号名的布质门帘，通常在平织布上用日本靛蓝染料染成，俗称"日本蓝暖帘"），但是京都很多店家在屋号暖帘旁边，还挂着一个木牌，上面写着"谢绝初客"。对了，我算是这家"隐匿酒家"的老客人了。

其实我与京都这家老铺的渊源还要追溯到1950年，当然，那时候我还没有出生，是源于父亲与一位日本学者的忘年之交。

1950年，父亲从日本回中国前夕，从东京自驾，携新婚不久的母亲到母校京都大学，与在校学习期间深受其关照的围棋棋友、恩师，日本著名中国史学泰斗，甲骨文、金文专家贝冢茂树（1904—1987）教授告别。

1950年的京都，日本战败后经济恢复伊始，战争中休业的店家纷纷重新开张。贝冢茂树教授非常赞赏我父亲学成归国，在宅邸举行小型家庭告别音乐会，贝冢茂树教授夫人为父亲演奏了肖邦的著名钢琴曲《离别》。那天傍晚贝冢茂树教授夫妇特地邀请我父母一起到他们夫妇战前经常光顾的一家叫"五佐卫门"①的料理店，为我父母饯行。"五佐卫门"创业于明治二十二年（1889年），所以那时候已经是有61年历史的资深料理店了。

父亲回国后，因为接二连三的运动，这段异国的忘年之交逐渐变成"不能触摸的远方"的诗。可是世事难料，改革开放后，当时日本的中曾根康弘首相提出一个"留学生10万人计划"，掀起一股留学潮流，我就是在1983年乘着这个东风，以自费留学生

---

① 文中"五佐卫门"是化名，为避嫌商业广告。

身份东渡东瀛的。更有好事成双，1986年京都大学邀请我父亲去讲学，没想到阔别36年，转山转水，父亲又来到贝冢茂树教授宅邸，重温那久违的异国师生情。那天晚上，贝冢茂树教授夫妇再次邀请父亲到36年前为父亲饯行的日本料理店"五佐卫门"，为父亲接风。那时候，"五佐卫门"已经是有97年历史的老铺了。

光阴似箭，父亲从一个青年学生变成68岁的老学者，36年前的"五佐卫门"店主已经谢世，第四代店主接替传承了祖传的店铺。阔别36年后，能够再访同一家老铺，已经令人唏嘘了，可是奇迹还在后面。我后来去拜访贝冢茂树教授家，还与贝冢夫人一起去了这家百年老铺"五佐卫门"。

贝冢茂树教授于1987年2月9日驾鹤西去。我赶到京都贝冢茂树府上，在佛龛前献花，当天晚上我们在"五佐卫门"缅怀贝冢茂树教授。

元山里子（左）、贝冢夫人（右）于京都左京区贝冢邸宅佛龛前，1987年春

岁月清浅，时光潋滟，日历又悄悄翻过20年，2007年4月，父亲的恩师夫妇都已仙逝，我一个人去京都拜访"五佐卫门"，创业于1889年的"五佐卫门"已成为名副其实的百年老铺。第四代店主也退休了，换上第五代店主接班。而第五代与第四代的店，除了人变了，其他氛围、气质、做法，都

人间幸不幸

没有变。

我拉开不大的木头格子店门时，第五代老板娘跪坐在高出玄关15厘米的店厅边缘、洁净光亮的走廊前，双手贴在膝前廊木上，优雅地低下高耸的和式发髻，发出柔和的京都腔："あ～、来とくれやしたんどすか。おおきに。（啊，您真的来啦，非常感谢。）"这种京都女性的语言，比东京的"いらっしゃい（欢迎光临）"更增添几分亲切。

第五代老板娘今天穿的和服，也是典雅而不奢华，和服的底色是一种类似番石榴的淡卡其色，花纹配色是深卡其色和黑色的纵条纹。深卡其色纵条纹是不规则粗细，黑色纵条纹是规则粗细；恰到好处露出的和服的中衣领，是淡樱花粉色；腰带配色是砖红色与土黄色各半，光凭这一身古香古色又不失都市摩登的和服，就令我仿佛走进日本作家谷崎润一郎的世界。

第五代老板娘把我领进店里，已经有3位客人坐在吧台前。其实，"五佐卫门"的客座，总共只有10个座位。这10个座位是并排在一个1米宽、8米长的白木吧台前，而这巨大白木吧台板是镶嵌在第五代店主做料理的大型原木砧板上方。客人坐在巨大的白木吧台前，一边观赏店主师傅做料理的技艺，一边品尝店主师傅的料理作品，席间再与店主进行对话，实在是一种享受。这种零距离的主客关系，在日本料理的铁板烧和寿司店里尤为突出，而在"隐藏酒家"也是常见的。

日本这种客人与料理人的零距离关系，是日本独特的文化。大多数持有吧台的匠人店主，同时也是文化人，他们书法、文学、经济学的造诣，都与专业人士有一拼；与他们零距离接触，经常自认自己是学生了。

进入"五佐卫门"的吧台座位，都是按照老板娘的引领。通常被指定坐在吧台正中间店主师傅前面的，是VIP（贵宾）座

类似这样的吧台

位。我父亲1950年和1986年两次来，都是贝冢教授带来的，因为贝冢教授夫妇一直是坐在店主师傅面前的客人，所以我父亲和贝冢教授来的时候也是被安排在店主师傅面前。我1987年第一次来是贝冢教授夫人带来的，所以也是坐在店主师傅面前。2007年，我一个人来，居然也是被老板娘安排在店主师傅面前的座位。我想是因为店主师傅希望与我一起缅怀贝冢教授夫妇吧。

后来事实也如我想象，店主师傅对我说的父亲留学时期，每个星期与贝冢教授下围棋的故事感慨不已，那时候才知道，原来"五佐卫门"店主师傅也是一位围棋高手呢。

说了这么多，还不见料理出来。京都这些"隐匿酒家"，一般是谢绝初客的，都要有熟人介绍，才被接收为客人。除客人介绍客人以外，京都的老铺之间有一个自古以来的习俗，就是互相介绍自己的客人，这样，客层的质量和客源就能够共享及互补。这在商业上是一种良性竞争，这种商家之间的纽带关系，也是京

人间幸不幸

都百年老铺的秘密之一。在中国和韩国，这是不可想象的。

而最重要的原因，我想就是料理。这种店一般没有菜单，卖点是套餐，而且套餐吃什么基本上是由老板娘决定的。在客人进入玄关时，老板娘就能够一下子判断出，今天应该给这位客人安排什么套餐了。老板娘是根据什么来判断的呢？是根据客人脸上的表情和身上的穿着。

"五佐卫门"一般准备5套套餐。其中红白（指喜事和丧事）套餐是每天一定有的，另外有寿司套餐、时令套餐和即兴创作套餐。这些套餐的素材都是当天凌晨店主师傅亲自到京都海鲜批发市场选购的，据"五佐卫门"店主师傅本人说："其实大多数不是我选择海鲜，是海鲜选择我。"每个料理屋的侧重点不一样，他们通常不是心中有菜谱才去选购食材，而是先有食材然后才决定菜谱的。所以套餐的价格也是每天不一样的，因为每天最好的食材，价格都不一样，这一点是与普通饭店截然不同的。

日本人在出席婚礼或者葬仪后，一般都会到料理店进行"二次会"，而且不更换衣裳，所以，老板娘一看服装就知道是"红"（喜事）或者"白"（丧事）。而如何判断给客人安排寿司、时令或者即兴创作料理，那就是凭老板娘对老顾客年龄、嗜好和当天的新鲜食材来决定。

虽然没有菜单，但是在上菜之前，老板娘会亲自把一张套餐的菜谱（按上菜的顺序写上菜的名称和具体内容），郑重其事地送到客人的吧台，这张菜谱通常是在画着季节花草（例如3月是樱花，5月是紫阳花，10月是枫叶，12月是山茶花）的和纸上，店主师傅或者老板娘亲自用毛笔手写的详细菜谱。"五佐卫门"的毛笔菜谱，是出自店主师傅之手的。客人要看完菜谱，才开始定饮料。喜事的菜谱，必然是定红葡萄酒合适；白事的菜谱，一般是定日本清酒合适；寿司套餐，一般也是定日本清酒合适；时令套餐，一般定啤酒合适；而即兴创作料理，一般是定芋烧酒合适。

记得1987年4月，我与贝冢夫人一起来的时候，因为贝冢教授刚刚过世不久，我和夫人都是素装前往，所以老板娘给我们安排了怀故套餐。我印象很深的是，整个套餐，没有一片包括牛、羊、猪、鸡、鸭、鱼的肉及其味道，名字叫"精进料理"，也就是我们通常说的"斋菜"。也许，你看了会说：这是理所当然的啊，斋菜本来就是禁止畜禽肉类、鱼类。注意，我说的还有"味"。京都的"精进料理"一概不掺肉类味精。所有的食材都取自野菜、蔬菜。甚至禁止在其中加入洋葱、韭菜、大蒜及其他根茎类蔬菜，因为收获这些蔬菜会使它们被连根拔掉而失去生命。鸡蛋、鸭蛋等蛋类必然也被禁止，因为蛋本是生命的一个核，吃了它，生命就无从诞生。因而店里使用了豆类和水果取而代之。

京都的斋菜料理与我们中国近年来流行的斋菜很不一样。随着中国物资丰富起来，现在人们流行赴各种各样的斋菜宴，我也曾经在某山上的寺庙斋菜饭店等享用过。但是，几乎都在豆腐里掺进了肉类味素，甚至把豆腐做成炸鸡块形状、五花肉形状，然后加上鸡精和猪肉味素。在京都看来，明明是要远离肉类，却偏偏把肉味掺过来，那就不是纯正的"斋菜"了。当然，我们中国这种斋菜的进化，是一个可亲聪明的变通，店家想让你在吃到斋菜的同时，又能够尝到肉的美味，斋菜的客人范围就可以无限扩大了。不像日本人那么呆板，几百年坚守一个口味，反而他们的客人就被局限了。不过，正是京都匠人那种代代相传、一丝不苟、追求纯正的匠人气质，反而使中国古代随着佛教而传去的斋菜一直保持原汁原味，传承下来了。

cì nèn yá
商品名: 刺嫩芽(タラの芽)

日本的"精进料理"中，"天妇罗"是亮点，用菜籽油现炸野菜和蔬菜。店主师傅在我们面前轻巧地将"タラの芽"（刺嫩芽）裹上一层如纱的透明面衣，转身在身后的一口巨大油炸锅里稍微一炸，再挪到食品滤油纸上搁片刻，撒上一点胡椒盐，然后用长筷子夹到我们的盛菜小竹排上，吃起来清脆之中，一股先苦后甜的刺嫩芽美妙的味道融化在舌尖，好像在缅怀先人时，那种思念的苦与回忆的甘甜。豆腐料理也占相当比例，大概占套餐的20%，不过都是纯正的豆腐料理，浓郁的大豆味，做成丸子形状，轻微烧烤一下，把大豆的香最大限度地扩张开来，淳朴而高贵。

"五佐卫门"除寿司套餐以外，其他四个套餐最后都有一个我们每天必食的东西，那就是热腾腾的白米饭。一碗再普通不过的白米饭，要有多大的自信，才能够端上台面啊。是的，这也是京都匠人气质的一个具体体现吧。

店主师傅会在第二道菜上来后，当着客人的面洗米，对，就是当场煮米饭。用的锅是千年以前就有的土锅，有点像中国熬中药的土锅，锅底是圆的，整个像一个球体。据说这里头有很大的学问，能够随着锅内米粒的滚动自己调节火候。热腾腾的米饭上来时，米香飘荡在吧台，这时候，盛出来的晶莹透亮的米饭上，几分俏皮地装点着两小片金灿灿的锅巴。这突如其来的锅巴，让我好像遇到童年的挚爱，眼泪差一点滚下来。

饭后的茶，是"五佐卫门"世世代代传下来的自制柿子叶茶，野味里带一种独特的香醇，喝下去后，好像清洗了体内脂肪，促进了血液循环一样，顿时感到精神抖擞。最令人惊奇的是，他们的柿子茶原材料是不要钱的，是从他们自己家院子里的柿子树上采集来的，自己在太阳底下晒出来的。饮茶时，是店主师傅与客人叙家常的时候。

2007年，我一个人去"五佐卫门"，在饮茶时，店主师傅问起我来日本以后，对食物有没有什么美好的回忆，我说起住进东京西早稻田路的"下宿"时的故事。因为第一天住简易旅馆，就花去了我从中国带来的仅有的6000日元，身上已经没有一分钱；第二天住进"下宿"忍饥挨饿；第三天到西早稻田一家超市打工，从早上7点到晚上7点半，经过执拗的交涉，超市破例给我发了当天的工资6600日元（钟点工一小时550日元）。我紧紧攥着那6600日元，在学生宿舍附近的商店买了被套，剩下的钱就在打工的超市买了最小单位的两公斤大米，一盒鸡蛋，最小的酱油、菜籽油各1瓶和快过期的"小松菜"、四分之一块南瓜。回宿舍后，用我的留学保证人送我的平底锅和小钢精锅自己做了稀饭、蛋炒小松菜和南瓜汤。那是我初到日本三天后第一次吃到的"丰盛"饭菜，那味道至今难忘。那金黄色与鲜绿色的蛋炒小松菜和金黄色的南瓜汤，一直是我的吉祥色。这也是我人生第一次自己做饭，那种心情不亚于鲁滨孙在孤岛第一次生火成功吧，我给在日本打工挣钱后的第一顿饭菜起名叫"贫穷盛宴"。

店主师傅和老板娘听得唏嘘不已，声称是他们"五佐卫门"创立百年来听到的最佳故事。呵呵，把我哄得心花怒放。

时隔三年，我再次去京都时，又去"五佐卫门"用餐。入座后，老板娘给了我一张店主师傅用毛笔写的菜谱，这天老板娘安排我吃的是"即兴创作套餐"，前菜有一个"小松菜入り卵烧き"（烧小松菜夹心蛋卷），最后的甜品是"南瓜羹"。因为日本料理中，烧蛋卷是很常见的，我也没有特别在意，但是当这道菜端上来，我品尝第一口时，那久违的清香和独特的颜色，通过舌尖和眼睛，一下子让我豁然顿悟：莫非这就是我初到日本时的那个"贫穷盛宴"的再现？双眼已经热泪盈眶。店主师傅和老板娘会意，厚道地微笑着，其满足度居然不低于我这个被感动的人。最后的南瓜羹，不用说，我是和着泪水一口一口地品尝。老板娘说，自从听了我的那个难忘的味道，店主师傅得到创作灵感，就想着如何再现这两个味道。因为日本料理是没有"炒"这个烹调法，所以就采用"烧"（类似中国菜的煎）；而"羹"在日本料理中也经常出现，就比较容易。这么人性化的料理屋，应该就是持续百年的最大原因吧。这令我终生难忘！

说到这里，也许读者会问，既然这么人性化的百年老铺，为什么它们门口会挂一个"谢绝初客"的看板呢？实际上国内朋友多次提出这个问题。

2019年我一个国内的好朋友与两个同事到京都旅游，突然气呼呼地给我打来电话，说他们进一家饭店被日本人莫名其妙地拒绝，大有被赶出来之势。我马上说，是不是这家店门口有一个看板……还没有说完，朋友生气地说，店老板指着一个用日文写的看板，叽里呱啦不知道说什么。我问，看板上是不是有汉字"第一次见"和"拒绝"，她说应该就是这么些简单的汉字。我回答，那就对了。她依然气呼呼地说，对什么对。我向她解释了半个钟头，最后朋友说：就算你有理。她也心服口服了。其实这个话题，还真的不是一句话可以讲明白的。

性格、价值观的不同，经常会让人们在一些习以为常的事情上处事大相径庭。比如京都老铺还有一个不成文的规矩，不能随便对着料理拍照。这点也许我们会很吃惊，因为我们喜爱拍照分享，小到秀一杯咖啡、一桌鸡鸭鱼肉；大到秀房子。吃到一盘可口的料理，总想分享到朋友圈。可是在料理老铺，那里的常客是不会对着一只鲍鱼、一只大龙虾、一只乳猪噼噼啪啪地照相的。在那里，客人专心品尝料理是最起码的共识。

京都人认为，一份精致的料理，是讲究温度和氛围的。对料理人最大的尊敬，就是用眼睛、鼻子、舌头专心地品尝他现做的料理，如果二话不说，拿起手机或者数码相机忙着拍照，那有损店内雅致恬静的氛围。而且，这些料理的做法都是一代一代传下来的，摆设和材料配方都是他们祖传的，店主师傅其实都不爱随便公开。用一个夸张的说法，叫作"商业秘密"。这是一种料理人与客人的默契，一种成熟的礼仪之美，当然，这种默契只可意会，不可言传。

其实我们中国自古以来也有这样的家教，古人云"食不言，寝不语"，古人在吃饭的时候不主张管教孩子，夫妻在饭桌上要相敬如宾。可惜这些好传统渐渐离我们远去。现在，就是难得的宴会也出现一派"低头族"现象。一边吃一边玩手机，不知道到底是来吃饭的还是来玩手机的。

京都是一个保留日本独特文化的古都，外国游客不乏因不了解而产生误会。互相本无恶意，只是因为文化的不同。所以只要事先了解京都的文化，就可以消解不必要的摩擦。

文化这个词听起来不着边际，其实，就是我们在社会生活中的价值取向。再通俗点说，就是喜好、审美、修养。

京都老铺的价值取向与我们最大的不同点，在于不求大，不求多赚钱，求质量第一，客流量只控制在自己力所能及的范围内。比如"五佐卫门"这样的百年老铺，一直只有10个客人座位。可以说，每天上班，就为了10个客人，多了他们也不愿意接受。因为他们坚持每天凌晨去京都鱼市场采购当天的新鲜食材，为了保持质量，不做库存生意，因为海鲜一经入冰库储存，就失去天然的鲜味，只能靠调味料忽悠客人，他们做不下去。

所以，他们一直有这种谢绝初客的习惯。每一家店主，都有自己的客源，为了服务好这些客人，他们只好谢绝其他客人。

他们通常会在玄关挂一个看板，看板上写"谢绝初客"或者"会员制（私人会所）"。这种做法，其实设身处地想，也很好理解。用我们现在流行的微信社交来打一个比方，就像我们处理微信信息。我们在经历了一段时间的微信来往后，通常会发现，有的微信群与自己的兴趣嗜好完全不一样：例如有的人每天转一些骇人听闻的谣传，或者大量的鸡汤文，还有铺天盖地的明星照，没完没了的俗不可耐的问候；更有一个接一个地秀自认为可以炫耀的东西：小至一杯卡布奇诺咖啡、一块可可酥饼、一双高跟鞋、一件花衣裳，大至一款时髦的沙发、一间华丽的客厅、一辆豪车。如此这般日日轮番，我们就会萌生偷偷拉黑他的念头，可是又碍着一面之情，难以下手，只好自己不断地删除这些不需要的信息，浪费了很多时间，做了无用之功。

京都的老铺料理店，正是为了防止不适合的顾客乱了自己的固有客层流量，而采取这种看似不近人情的办法，保证以最小人工成本，最大限度发挥自己强项的经营方式。如果只求数量，不太追求质量的话，当然就没有必要硬性限制。这就是价值取向。有的饭店追求数量，以量产快餐为卖点，多快好省，为大众服务，那又是另外一种经营方式，也很好。

这两种不同的价值取向，就决定了不同的现状。

日本的百年老铺，包括众多制造业、商社、料亭、点心制作坊和店铺等，最古老的都集中在京都。至2020年为止，日本全国百年企业、老铺，包括个人商店、个人小作坊一共有10万家，其中在京都的百年老铺占3%，原因就是京都的价值取向不同于其他地方。

同样看看我们的邻国韩国，流行一句话叫作"无处寻觅超过三代的店家"，最久的持续80年左右就很好了。

可是一个面积不过827.9平方千米的弹丸之地京都，居然会奇迹般地保留众多百年老铺，甚至千年老铺，除了上面说的价值取向外，还有一些历史的客观原因：一方面因为京都是千年古都，另一方面因为古都的文化在第二次世界大战中相对没有遭到毁灭。1931年，日本发动侵华战争。进入20世纪40年代后，日本就像古希腊历史学家希罗多德所说的那样，"上帝要你灭亡，必先让你疯狂"。日本不顾国际名声败坏，国内经济焦头烂额，再次疯狂挑起太平洋战争，引起美国对日本进行反击空袭轰炸。在所有轰炸中，美国对京都轰炸相对"手下留情"，很多古代建筑物和文化遗产都幸存下来。加上京都本来就有三步一个寺庙、五步一个神社的背景，有着培养和守护古老传统的土壤。

而最重要的，则是京都人的价值取向和匠人气质，决定了百年老铺之最，非京都莫属。

说起百年老铺之最时，我注意到有一个耐人寻味的现象：亚洲的亿万富翁前百名排行榜，半数以上是华人或者华裔、韩裔；但是这些亿万富翁领军的企业，持续百年以上的一个也没有，几乎是一代或者最多两代。包括日本的首富孙正义也是朝鲜人后裔。与此形成鲜明对比的是，日本企业及个人商店，百年以上的有10万家，却几乎没有上市。日本百年老铺大多对上市不感兴趣。他们认为追求规模，就不可能磨炼出高技术。这种价值取向，也就形成了"匠人的日本"现象。这种"匠人气质"也是日本战败后，走技术立国之路的成功秘诀。

在京都，每一个老铺厚重的格子门里，都有一个属于自己的故事，那都是"一子相传"的历史。

京都，是日本人永远的乡愁，在那里可以体会到日本千年以前的服装、礼仪、仪式、味道。在日本住久了，就如日语成语所说：不管哪个地方你住久了，它就会成为你心目中的首都。时光嫣然，岁月蹁跹。人近暮年，眼看着时光一寸一寸地从指间滑落，还想多多拥有千年古都的温婉记忆。

一个声音对我说：来吧，古都有约。对，我一定会再去京都。

鲁迅与东京的居酒屋

在东京神保町，有一家我熟悉的名叫"兵六"的居酒屋，它是用创始人的名字命名的。日本的"居酒屋"相当于中国的小酒馆，一般规模都不大。

我第一次去兵六居酒屋是1993年秋天。那时候我在东京银座一家日本公司工作，一天下班后，公司社长带我到神保町的一家中华料理店，一家出版社总编辑片冈先生在那里等着我们。片冈先生不像典型的日本人，身材高大，总是一副乐呵呵的表情。他是我生平第一次接触的被叫作"编辑"的文化人，不

兵六居酒屋

像我头脑里固有的编辑形象：戴眼镜，皱着眉，板着脸，外加神秘地低声说话。不仅如此，这位片冈先生竟然两手空空，连一个包也没带，更没有握着晚报，或者揣着什么学问深厚的图书。那天，我那时就职的公司社长让我来当翻译，与片冈先生洽谈与中国出版社的合作意向。

在日本有一个不成文的惯例，饭局后，招待方还要再带客人去喝"二巡酒"。"二巡酒"的地点，一般都是招待方自己最常去的酒馆，也往往是招待方最值得自豪的酒馆，所以"二巡酒"的酒馆也衬托出招待方的风貌、趣味，甚至人品。

那天饭局的招待主人片冈先生，在中华料理店吃完饭后，按照惯例又带我们去喝"二巡酒"，于是我们来到位于神保町内山完造书店附近的兵六居酒屋。

兵六居酒屋的门面不大，而且在一条小巷的尽头，如果没人带路，我想一个人一生能够信步进入兵六的概率是极小的。去那里喝酒的人，通常是出版社的编辑、总编辑这类的人物，因为神保町是日本有名的出版社及书店聚集地。片冈先生说他每个星期大约有三个晚上会出现在兵六。

一进兵六的店门，没有听到日本居酒屋通常那种殷勤的"欢迎光临"的迎客声，也没有人递过来雪白的擦手小毛巾。门内有一个大冰槽，里头歪七倒八地冰镇着各种啤酒。片冈先生像走进自己家一样，顺手从冰槽里捞出三罐啤酒，"咣当"一声四平八稳地置于酒吧台的中央，然后又熟练地叫了几个下酒小菜，这些都在我们还没有坐下来时就完成了。

人间幸不幸

我仔细一看，这里所谓的酒吧台，是一个Ｕ字形的木头柜台；环绕着酒吧台的不是通常的高脚椅子，而是碗口粗的竹竿，客人就坐在这根充当椅子的竹竿上。酒吧台正中央坐着一位没有笑容的掌柜，他黑里透红的脸上蹙着一对三角形粗眉，不大的眼睛里流露出似乎不耐烦的眼神，让人实在不敢恭维。后来我知道店掌柜也名叫"兵六"，是老兵六的儿子，也就是第二代掌柜。

片冈先生这次比平时多叫了几个菜，兵六掌柜不仅没见高兴，反而有些抱怨地说："一次最好不要叫这么多菜，我们兵六可不是为你片冈一个人开的哟。"

然而兵六掌柜的话没有让片冈先生生气，他反而还讨好似的回答说："不好意思，在下赔罪。那就砍掉后面两个菜，加上一瓶威士忌，再要一小桶冰块、三个杯子。"

兵六掌柜这才似乎正眼看到我，闷声说："哼，偶尔带个小姐来，也懂喝威士忌了。"说着他转头向里面的厨房大喝一声："威士忌一瓶，送到片冈先生座位。"

里头马上传来三四个高亢的男高音："明白了，威士忌一瓶，马上到！"显然这是大厨、二厨和小伙计的应答。

菜和威士忌还没有出来以前，我们先一个人一罐啤酒，就着罐口喝起来。片冈先生开始给我们介绍这家居酒屋里不成文的规矩，说："兵六掌柜是个懒人，所以这里的啤酒是客人自己去拿，也没有杯子，客人对着啤酒罐直接喝，省下洗杯的工钱，还有自来水和消毒洗涤剂的成本。"

我在日本第一次听到这种不以客人为中心的待客方式，备感好奇。片冈先生接着说："还有，据说这里从先代创业时，就开始用这种竹竿当椅子。这竹竿椅也是有名堂的，它有两大效用：第一是座位人数不固定，人少时候三个人坐，人多的时候挤五个人也不在话下；第二是可以防喝醉，坐在竹竿上屁股痛，就会刺激脑神经，人就不容易醉酒。一旦人醉了，身体平衡失控，无法在光溜溜的竹竿上坐稳，就得乖乖地回家去。"

说到这里，吧台里的兵六掌柜好像自言自语，又好像是接过片冈先生的话说："哼，再没有比醉汉赖在座位上更让人讨厌的事了！"

竹竿当椅子还有这么多的功效，这出乎我的意料，我不禁佩服地说："掌柜，令尊真是聪明呀。"

片冈先生听后讨好地朝兵六掌柜说："听到了吗？这位小姐赞您父亲聪明呢。"

兵六掌柜却似笑非笑回答说："本来就是聪明嘛。"

兵六掌柜这不谦虚的回答，让我不由得又多看他几眼。这时在兵六掌柜身后的墙上，突然有一幅很面熟的照片映入我的眼帘，我惊呼："哦，那不是中国的鲁迅先生吗？"

这时兵六掌柜也似乎惊奇了一下，朝我正式看一眼，然后对着片冈先生说："哟，片冈先生神气呀，虽说带来的男人没有知道鲁迅的，带来的小姐倒居然知道鲁迅！"

片冈先生非常得意地说："可不是嘛。"

我赶紧问兵六掌柜："莫非先代与鲁迅有什么莫逆的关系？"

人间幸不幸

兵六掌柜好像在等我这个问题似的，微笑着并提高音调说："我爹和鲁迅是好朋友。"

我又进一步问："莫非鲁迅先生经常在令尊这里喝酒？还是有什么特别的关系？"

兵六掌柜又恢复了那副不耐烦的神情，并不回答我的问题，只是淡淡地说："小姐，你身后的墙上有我爹亲手誊写的鲁迅的诗。"

我赶紧起立，到后面墙上细看，果然有一张被烧酒熏得焦黄焦黄的宣纸，上面题有鲁迅的两句诗："横眉冷对千夫指，俯首甘为孺子牛。"我回到座位，用中文背诵一遍鲁迅这首诗的全文："运交华盖欲何求，未敢翻身已碰头。破帽遮颜过闹市，漏船载酒泛中流。横眉冷对千夫指，俯首甘为孺子牛。躲进小楼成一统，管他冬夏与春秋。"然后我又用日文翻译了这首诗的意思。

兵六掌柜听了大赞说："好，居然能背鲁迅的诗。好！"他们当然不知道我们中国人个个能背诵鲁迅这首名诗，反而让我红了脸。

兵六掌柜又对里面大叫说："献酒！"于是店伙计从里面拿出一瓶威士忌，送到我面前，这是掌柜送给我的赠品。

我看这一大瓶威士忌，犯愁地说："这一大瓶酒我们喝不完啊。"

兵六掌柜不屑一顾地说："你们这些人的酒量，当然喝不完。在瓶上写上你的名字，等你下次再来的时候喝。"日本居酒屋有个习惯，客人订的酒没有喝完，就在瓶子上写上客人的名字寄放在柜台上，等下次客人来时，再把这瓶酒拿出来给客人喝。这样一来可以为客人节省一些酒钱，二来也能记住客人的名字，促使老客人经常光顾。

我高兴地谢了掌柜，他让伙计给我一个纸牌，写上我的名字，然后挂在酒瓶上。

我们在兵六居酒屋的"二巡酒"十分尽兴，居然喝完了片冈先生叫的那瓶威士忌，也把掌柜送我这瓶威士忌喝了一半。随着酒杯的频频碰撞，我逐渐感觉出，兵六的氛围就是故意保留那个时代的风格啊！甚至，兵六掌柜也有那个时代的傲然骨气。

片冈先生后来虽然没有与我们公司谈成中国的出版业务，但我在银座公司工作时期，几乎每星期都去兵六居酒屋喝酒，在那里也常常遇到片冈先生。有一个周末，片冈先生邀请我和在兵六喝酒的客人，一共10个人去他的别墅聚餐。

片冈先生的别墅位于东京近郊千叶县靠海的高坡上，是一座三层楼的小楼，里面一楼至三楼是一个贯通的开放空间，沿着墙壁有一个螺旋梯直至楼顶。从一楼贯通到三楼的整面墙壁上，全部做成了书架，而且书架上放满了书。

我一进片冈先生的别墅，就被放满图书的三层墙壁书架惊呆了。有多少本？数不清，一万册以上应该是有的。片冈先生看我惊呆了，很得意地说："终于有一个人看重我的书了，其实这个别墅就是为了这些书设计的。"

那天离开片冈先生的别墅之前，他对我说："我要送给你一本我最喜欢的藏书之一。"说着他顺着楼梯上到二楼，从那里的书架上取下一本书给我。我一看，居然是日本出版鲁迅的书，书名是《世上本没有路：鲁迅》（霜川远志编），我现在还珍藏着这本书。

日本出版的鲁迅作品《世上本没有路：鲁迅》

我离开银座的公司之后，就很少去兵六居酒屋了，一年只去一两次吧。不过让我高兴的是，我去的时候总是能够遇到片冈先生。近三年来因为忙，没有机会去兵六居酒屋，但与片冈先生还每年有贺年卡片的来往。今年，片冈先生在寄给我的贺年卡片上写着："今年也许在兵六还能见到你吧。"

看来他还是经常去兵六呀！那位顽固守旧的兵六掌柜，那个硬邦邦的竹竿椅，那张焦黄的鲁迅相片，依然是那样吗？我琢磨着什么时候再去一趟神保町……

鲁迅，这个名字就像是中国文化人的品牌，他给我和片冈先生、兵六掌柜，带来了19年清水般的友谊。

2017年11月12日

从一张保密明信片想起

做生意最怕客户破产，特别是日本服装业界，不像中国用现金买卖，而是用支付银行支票，且是三个月支票，就是商品卖给客户90天以后，钱才入账。只有上帝知道，这三个月里，客户会不会安然无恙，如期兑现现金入账。这天我们公司又遭遇一家大客户破产。我正忙着找律师打理追讨债务、处于焦头烂额之时，突然收到一封东京都新宿区税务局的保密明信片（一种用保密纸膜盖起来的公文明信片）。我心里一个轻叹：哎呀，又是什么税来了，本能地先放一边。

下班前，我心烦地拆开保密纸膜，一看，顿时紧皱的眉头舒展开来。没想到，这张税务通知明信片不是税务通知单，上面写着过六个工作日以后，将往我们公司的银行账户转入三年前多付的300多万日元的消费税税金。

日本与中国不一样，税务都必须提前自己申告。三年前，我们申告了卖给一家客户的营业额，每笔营业额都必须附上消费税，但是，这笔营业额还没有入账，这家客户就

保密明信片示意图

不幸破产了。现在，日本政府就把这笔事先预付的消费税退还给我们。我显然是一个不合格的经营者，把三年前的事情丢到脑后了。所以我一看，宛如天上掉下了一块大馅饼，高兴极了。一天的疲劳突然不翼而飞，有一种失而复得的兴奋，我马上宣布明天开宴会。

其实，这个钱本来就是多付的，退还给我们是理所当然的。而且仔细一看，因为退还的钱在会计账目上属于杂项收入，还被抽去了1.4万多日元的杂项收入税金。也就是说，这笔款项在政府的金库里逗留三年，不但没有分文的利息，还倒贴了1.4万多日元的税金，也许真的不应该高兴，而应该生气呢。不过，我还是很高兴。因为已经支出的钱，从心理上和财务上都是已经不把它当资金运作资源了，突然间回来不是很值得高兴吗？

我想起在日本生活中，也经常会遇到类似的失而复得的错觉与欣悦。

我认识一位日本友人金子先生，说是友人，其实如果要分类

的话，金子先生是属于酒友。所谓酒友，就是在自己喜欢的酒馆里经常不期而遇的人。

我们是差不多20多年的酒友吧，平时也没有特别的来往。不过20年前，我成立公司时，缺一个公司监督人，就拜托金子先生，说好为期三个月，暂时做我们公司的监督人，顺利地登记了公司（日本的"株式会社"必须有三位董事、一位监督才可以登记）。三个月后，我的税务师帮助找到了一个业界的资深人士，办好了手续换下他以后，在私人关系上我们并没有什么特别的来往。

这一天，金子先生突然打电话给我，而且是上班时间打来的。我一看手机显示，还诧异了一下，虽然他曾经是我们公司的监督人，但是身份变回酒友后，从来不互相打电话的。当我一接电话，更是诧异了，金子先生在电话中说："突然打电话，对不起。单刀直入地说，有一件麻烦事情要拜托你帮忙。今天刚从银行取出我所属的一个吟诗兴趣小组成员筹集的50万日元，要交给印刷厂印本年度的诗集。可是我前往印刷厂的电车上，把挎包放在电车行李架上，下车时才发现不见了。身负会员的重任，一筹莫展之际，冒昧地想起你。也许你可以帮助我，借给我，为期三个月，等诗集印出来，内部销售、筹资后，我一定还给你。"我当时正在会客，匆忙说："等下班后，我马上给您一个明确的回复。"

下班前，我想了一下这件事。50万日元（按当时汇率相当于人民币3.7万元），在日本这个数目不是特别大，也不是特别小。

从我的业务来说可以在中国买一小批生产资料，例如面料、纽扣等，做一小笔服装生意了。况且，他说的把装有50万日元的挎包放在电车行李架上，听起来似乎有点玄乎，至少我不会做这么糊涂的事，不把挎包紧紧揣在胸前是不放心的呀！

不过，这时，我想我办公司的时候，金子先生毫不踌躇地帮助了我，现在他一时困难，我是不是应该帮助他？

人的一生难免借别人的钱，也难免借钱给人。我想起我父亲曾经教导我的话："要向银行借钱或个人借钱，一定要在有自信能够还的前提下，才借钱。不然就不要向别人借钱。而要借钱给别人，就必须有那种把这个钱送给那个人的觉悟才借出，不然就不要借钱给别人。因为不这样的话，别人无法还钱的时候，你就会心情不好，造成不必要的纠缠与烦恼。一般，一旦把钱借出去后，借钱人与借出钱的人位置就会颠倒过来，你就会处于被动的位置了。"

我曾经拒绝过一位中国朋友借钱的要求，被那位朋友破口大骂，并且那以后，她不再与我来往了。那时，我十分庆幸我根据父亲的教诲，考虑到我并不愿意把那位曾经的朋友提出的100万日元送给她，所以拒绝了她。而现在，我愿意把这50万日元送给曾经慷慨帮助过我的金子先生。

想通了后，我马上给金子先生打了电话。问好他的账户，把钱转进他的账户了。

因为我已经下了决心这钱可以作为报答送给金子先生了，所以我也就没有再把这件事情放在心上。那以后，我们也经常在酒馆相遇，彼此也没有再提起借钱的这件事了。

　　三个月后的一天傍晚，我的手机上来了一条短信，金子先生说他今天中午吃午饭时把50万日元放在我们经常去的那家酒馆的老板娘那儿了，让我去取回。我还真的很意外，竟然有一种失而复得的喜悦。

　　晚上我去了那家酒馆，老板娘马上把一个银行小纸袋交给我，我打开一看，还附有一小纸条，上面写着："50万，是你的雪中送炭；附上的1万，作为利息，聊表感谢！"这时候，我简直有一种感动了，金子先生借钱的时候，并没有说要付利息，这样诚心诚意地感谢他人的心意，使我感到很温暖。

　　那天晚上，我把这1万日元交给老板娘充当了我们几个酒友的酒钱。大家异口同声赞许金子先生的信誉。老板娘少不了念念叨叨男人粗心大意，把钱当行李搁在电车行李架上，等等。其实大家也知道，老板娘高兴着呢，她的客人这么友善，她脸上有光啊。

　　也许有人会说："你都有觉悟这50万日元可能收不回来了，为什么得到1万日元会这么高兴？"这是因为金子先生的做法超出了我的期待，有一种感情叫"感动"，这种意想不到的真诚，真的令我感动。

　　生活中这种"感动"，只有在真正和谐的社会里才能得到。每当这个时候，我都有一种感谢的心情，感谢社会的公平，感谢人与人之间的真诚相待。

2018年4月11日

母语情结

我们这些在国外靠两种语言（母国语言和侨居国语言）来生存的人，对语言很敏感，因为失去了母语的"场"，就更加珍惜母语；因为平常不能使用母语，就把使用母语当成享受。对于母语的珍贵，其实也是远离它以后才深有体会。

我对自己家乡的语言，很长一段时间受它的恩，却不知去爱它。我从小生长在鼓浪屿，在学校和同学们讲闽南话，在家与父亲讲普通话。父亲是河北人，因为读的中学、大学都是教会学校，年轻时又留学日本，所以会说英语、日语、法语、德语；可是在厦门大学当教授，住在厦门67年，却不会讲一句闽南话。我说的普通话与父亲有翘舌音的正宗普通话不一样，是没有翘舌音的，说好听一点是港台腔，说不好听一点是地瓜腔。有趣的是，我哥哥姐姐初中毕业后，上山下乡插队到父亲的老家河北滦县茨榆坨村（今滦州市茨榆坨镇），因为他们说的是带南方腔调的普通话，最初河北老乡们居然听不懂他们说什么。多年以后，哥哥姐姐从插队的茨榆坨返回鼓浪屿，他俩的口音居然变成了有翘舌音的正宗北方腔调。我当时很羡慕哥哥姐姐能讲漂亮的普通话，对自己南方腔调的普通话感到很自卑，也就很讨厌闽南话。

但是自从我来到日本以后，对闽南话的态度发生了变化，那是源于一个契机。

像当时大多数从祖国大陆来的留学生一样，我第一次接触到中国台湾人、中国香港人，以及新加坡华人、马来西亚华人、印度尼西亚华人时，让我惊讶的是，他们普通话都说得不怎么样，闽南话却讲得呱呱叫。原来海外华侨闽南人很多，东南亚那边能讲正宗普通话的人很少。

在20世纪80年代初，大陆来的留学生还不多，我与那些中国台湾、中国香港、新加坡等地的同胞或华人并不好沟通。特别是台湾人，他们视我来自"山穷水尽"的地区，好奇地问："你跑到日本来，你爸爸妈妈没事吗？他们会不会被抓起来呀？"

我也反过来以为台湾人刚逃出"水深火热"的国民党统治区，也好奇地问："国民党不是很凶吗？动不动就要把人抓到监狱去拷打吗？"然后我们两人都一头雾水，哈哈大笑。

本来我们有时代背景的隔阂，很不好沟通，但我一换成闽南话，他们一瞬间对我另眼相待，眼神、表情都一下子变得亲切起来，那种感受是戏剧性的，是动人的。我顿时领会到方言的亲和力及方言的故乡情，那是非政治性的，也是非强加的。他们通过方言认同了我，我在那认同之中解开了拘束。我开始喜欢闽南话，不以方言为耻，反以方言为荣了。

几年前，我们公司从我的母校东京文化服装学院招进一位出生于内蒙古的中国留学毕业生，他护照上的汉字名字是"金鑫"，籍贯是内蒙古。我觉得很奇怪，问他："你不是蒙古族吗？怎么护照上是汉语名字呢？"

金鑫说："我们从小都有一个汉语名。"

我再问："那你喜欢这个汉语名吗？"

金鑫说："不喜欢。因为'金'和'鑫'这两个字我都不喜欢，都太强，怕会把运气'抢'走。"

我说："原来如此。不过难得你是蒙古族，总应该有一个蒙古语名字啊，这样好像才自然。"

金鑫说："当然有的。我的蒙古语名字叫'嘎哒斯'。"

后来我给他做名片时，名字写他的蒙古语发音汉字："嘎哒斯"，上面注上片假名"ガダス（Gadasu）"。过几天他接到名片，没有掩饰他的惊奇与喜悦，有点腼腆地对我说："太感谢了，至今只有我的爸爸妈妈叫我的蒙古语本名，没想到在日本竟然能用上自己的本名。"

我觉得这是很自然的事，既然是蒙古族人，本应该用蒙古族的名字。之后，他去客户处，几乎所有的日本客人对他的名字都是过目不忘，其实日本人对少数民族是很友好、中正的。加上因为他的眼睛、头发的颜色、脸型、面部的表情，明显不同于汉族，他的蒙古族名字也就是他的自我独特性的证明，所以日本客户们对他都非常友好。

遗憾的是，嘎哒斯本人并不重视自己的民族性，他说："内蒙古汉族人很多，用蒙古语反而不方便。"

有一次我与嘎哒斯讨论是否应该保护民族语言的问题，他竟然感到很新鲜，说他是第一次听到这种不同意见。我请他讲几句蒙古语给大家听，他竟然一句也讲不完整，他解释说："我们家爷爷奶奶在世时，还能听到家里讲蒙古语，现在也只有父母之间偶尔讲几句蒙古语，我们这一代都不会说蒙古语了。"

我听了不禁感叹，嘎哒斯家的蒙古语到他的父母这一代为止，有点太可惜了。嘎哒斯还年轻，应该学蒙古语啊。这应该也是少数民族面临的一个课题：怎样全力保护自己民族的语言？

语言不是单纯的工具，语言是民族的原本，是民族的根，是民族的文化。我认识两位在瑞典工作的中国学者，他们都以瑞典语从事学问及社会活动。他们告诉我：在瑞典，所有外国人在工作前，都必须接受瑞典语认定资格考试。没有获得认定资格的外国人，是无法在瑞典工作的。

我听了很吃惊，因为我所在的日本从没有这样的明文规定。甚至一些著名的大公司，例如日产汽车公司，还在公司实行英语日，全体职工必须在指定的那一天在公司内使用英语会话，包括开会做报告和讨论。

在瑞典的中国学者告诉我："瑞典虽是北欧里的大国，但人口只有946万，所以他们努力保护自己民族的语言。当然瑞典人的素质很高，大多数成人能够讲英语。"

我才明白，瑞典让外国人必须先掌握瑞典语，才能够在瑞典从事工作的动机，不是限制其他民族语言，而是保护自己民族的语言不会消失。不这样的话，瑞典的外国居民越来越多，不知哪一天瑞典语就会被外语取代了。

在异国我们可以接触两种语言，而得到的感受也是不一样的。以我自己的体验来说，我曾经故意地对日本的畅销书进行两种语言版本的阅读。日本1977年至1987年，连续十年最畅销的书是司马辽太郎的《项羽与刘邦》（原名《汉风楚雨》），1987年打破这个纪录的是村上春树的《挪威的森林》。我分别拜读了原著，并拜读了赵德远翻译的《项羽与刘邦》和林少华翻译的《挪威的森林》。我的感受是，读日语原著，使我思考作者的那种与我们中文思考不一样的态度与价值观；而读翻译后的中文版，则让我觉得是一种轻松的纯粹读书的愉快。经历了这种双语读书体验，我的感想是：母语已经超越了文字本身的意义，使人得到一种心灵的享受。

顺便提一下，我个人更喜欢司马辽太郎的《项羽与刘邦》，有一种历史厚重感和壮丽的史诗般的描述。当然也可能因为他写的是我们中国的历史故事，反过来也可以印证母语的魅力吧。

我自己2002年在日本用日语写了一部长篇小说《XO酱男与杏仁豆腐女》，由日本日新报道出版社出版，并在日本全国大书店上架。但是，我写得很辛苦，过程是非常艰巨的，有时候为了一个助词，琢磨考证了一天。可是我用母语写传记《三代东瀛物语》和《他和我的东瀛物语——一个日本侵华老兵遗孀的回忆录》，虽然篇幅很长，但是写作过程是愉悦的，有时候一个人对着电脑一边写一边哭又一边笑，这是母语给我的喜悦，甚至很治愈。

一个人的母语不可选择，它是我们一生无法改变的自我认同的标志。不管我们漂流到何方，母语都跟随着我们；不管我们是否加入别的国籍，母语这个自我认同的标志是永远不变的。

秋天的呼唤

在东京上班时，一个秋天，日本从南到北下了一星期雨，周末时好不容易刚刚停。一场秋雨一分凉，场场秋雨催促着我们去看那一年一场的红叶。早云山是日本著名景点箱根的最高地，那里的红叶是箱根的第一场红叶。秋天的红叶像是秋天的呼唤，不能不放下手头所有的事情去看红叶。

我约朋友乘小田急的浪漫快车到箱根汤本，然后转乘登山铁道，到终点强罗车站，只有5站，却拐了3次Z字形路线。这3个Z形路线，使标高550米的陡坡仅40分钟就到达了。

登山铁道，架在树林之中，往左看，往右看，红叶就在伸手可触的距离。低头往下看，层层叠叠的红叶像一片一片红色的云彩，伸展在自己的脚下。不知何故，突然我的脑袋里浮现出小学生时代，在国内看的古装童话影片《马兰花》的女主角翩翩起舞在云彩之上的镜头，耳边响起这部影片的主题曲："马兰花，马兰花，风吹雨打都不怕。勤劳的人在说话，请你马上就开花……"

不知是什么脑电波，激起遥远的回忆。可能是自己想看的红叶在脚下层层叠叠，缓缓飘忽，使小时候第一次意识到的仙境，与置身红叶的世外桃源相吻合吧！

人原来是可以不必经过任何策划，在一瞬间偶然到达孩童时的憧憬梦乡。

整个车厢的人，一反平时日本人在电车里一声不吭的常态，大家异口同声地惊叹："太美了。"人们为大自然如诗如画的美，个个情不自禁地露出同样的、幸福的微笑……

这时，我注意到眼前三棵树，呈现着完全不同的颜色，最后面的一棵呈鲜黄色，中间的一棵呈艳红色，最前面的一棵竟然呈紫色！人们都说太阳是公平的，怎么它们有着不同颜色呢？仔细一看，每棵树位置不同、高低不同，即便差1米，享受太阳沐浴的时间、角度也不同，所以颜色就不一样吧！

最前面的那一棵挡着初冬的寒风，在日日夜夜忍耐中锻就得红得发紫；中间那一棵，既享受公平的太阳，又享受前面那一棵无私地挡住寒风，恰到好处地艳红一番；而最后面这一棵，地势稍低，分享太阳的时光较短，又加上前面两棵的遮蔽，呈现娇嫩的鲜黄吧！

这大概叫"命中注定"。

树，是生命，但无从改变自己的命运，因为树无法挪变自己的位置。

人，是高级动物，可以改变自己的位置，即环境决定人。要红得发紫，要艳红一番，要娇嫩鲜黄，都得靠自己去争取，争取那公平的太阳，争取那优势的生存环境。

走进自然，如同位于生命群体中感受自然中生命的呼吸，感受它们命运的明和暗。

这样胡思乱想，就到了强罗。

从强罗换乘电缆车，摇摇晃晃15分钟到早云山，海拔为1151米。白天看红叶，晚上住在早云山上的酒店。

既然到了早云山，就干脆再乘缆车到有名的地狱之谷"大涌谷"。

坐在缆车上，左边是火山岩石，徐徐冒着火山烟，右边是变成了远景的漫山红叶，这应是火山大国兼四季分明、山清水秀岛国的独一无二的景象。

阴阴沉沉冒出来的火山烟带来强烈的硫黄味道，也吸引着我们去探访那3000年前的火山爆发遗址。

进入大涌谷，到处看到人们在吃这里的特产黑蛋。这种黑蛋在天然温泉中浸泡而熟，浸泡过程中，蛋壳在硫黄成分很高的45摄氏度温泉里逐变黑色。据说吃一个硫黄水泡熟的黑蛋，可延寿7年。

也许是商家宣传的成功，也许是黑蛋的新奇，几乎每个访问大涌谷温泉的客人都会品尝黑蛋。

尽管这里到处是人在剥黑蛋壳，但地上却看不到一片蛋

温泉黑蛋

壳。被到处剥壳吃黑蛋的人们感染，我步入一家"游乃花"餐厅，要了一份火山熏黑蛋的拉面。事先烧热的石碗里，放着一颗滚烫的黑蛋，从上浇进热汤，顿时冒出烟雾，名曰"地狱拉面"。红叶与地狱，正是一个天一个地，我们完完全全陷入这里的商业圈套里了，却也不亦乐乎。

日本小学生成绩单之谜

　　我的邻居家有三个孩子：这家的爸爸最疼爱的是读高中二年级的长子裕泰；妈妈最疼爱的是读小学一年级的女孩裕子；也许因为这家父母把主要精力花在面临高考的大儿子和唯一的女孩裕子身上，所以老二裕希相对管得少，于是老二裕希就归我这个邻家阿姨来疼爱。

　　我像一个溺爱孩子的家长，我认为在裕泰、裕希、裕子这三个孩子中，裕希最聪明，但是显得比较有个性。说他聪明，是平时我看到他的数学考卷差不多都是95分以上，说他有个性，是他不拘小节，经常故意迟到、早退，他经常把日语汉字写得像漫画。比如他自己的名字裕希的"裕"，把"谷"的上部画成四根骨头，然后安上一张空洞的椭圆形"口"，"裕"字就活像一个可爱的骷髅，经常令我忍不住叫好。其实裕希的缺点，也正是他的优点吧。

　　裕希妈妈第一次把裕希小朋友带来我家，是因为他妈妈想让我教他写毛笔字。我毛笔字并不漂亮，但是小时候多少受过一点点训练，其实也就是知道理论上在方格子里，如何美观地填上汉字，知道毛笔字的关键在于诸如"布局平衡"呀，下笔要在"时钟11点那个方位"呀，要看着字帖模仿呀，等等。而裕希小朋友也坦然地说爱来我这里学写毛笔字，并不是因为我能够帮助他练字，而是因为我每次端出的点心都是他的最爱。哈哈，这也是我喜欢这个小朋友的地方。

　　这次暑假，裕希学校发了"通知表"（相当于中国的成绩单）。日本学校不做成绩排行榜，如果家长希望看成绩单，也可以拿到，但是一般是给家长发"期末通知表"，更确切地说，是老师对学生的评价通知单。

　　裕希妈妈也给我看了裕希的"通知表"，不看不知道，一看吓一跳。因为我觉得裕希小朋友的成绩很好，一定会得到"好评"，可是没想到老师的评价与我想象的完全不一样。

　　日本小学在学生的通知单里，用三个符号表示评价，即◎、○、△（相当于：优秀、一般、差）。这也是日本学校有意避开用明显的贬义词，而用中性的符号来评价小学生。以心比心，你想，当你是一个小学生的时候，从老师那里得到的评价是一个带有贬义的、狠狠的"差"这个评语，心情会怎样。而得到的是一个不算可爱，却有棱有角的"△"，心理落差不至于很大吧。

　　我对裕希的数学很看好，所以特别重视老师对裕希数学的评

✂ 人间幸不幸

价。日本小学六年级数学分四个项目来评价：1.对数学的兴趣程度、态度；2.思考能力；3.计算和绘图能力；4.领会能力。老师对裕希这四个项目的评价，只有思考能力是"◎"，其他三项都是"○"。

我这个阿姨都快要愤愤不平了，可是裕希小朋友和他妈妈都觉得就是这么回事，而且还说五年级的时候，裕希数学四个项目的评价全部是"○"，六年级有一个"◎"，已经是进步了，可喜可贺了。

我问裕希妈妈，老师们是根据什么这样评价的？难道不是根据考试成绩吗？裕希妈妈很通情达理地说，老师们是有道理的，他们看的是学生的"品行"。

原来，裕希提交的作业本子经常有涂鸦现象；还有在画等腰三角形时，他懒惰，不用尺子画，徒手画，这样严格地说就"不等腰"了。

另外日本小学数学应用题，有很多是必须用图像来解答的，还要用有色铅笔分别涂色。裕希自作聪明，经常粗粗地涂几下，出题目的老师虽然知道意思，但是如果是局外人，就看不懂了。

应用题有时候要用语言表达，裕希以为又不是语文作业，潦潦草草地写，有时居然用漫画，老师经常要"猜字"和"猜漫画"。这样就是给老师"添麻烦"了。

还有，日本小学生的课堂笔记本都要抽查，裕希经常被"重点"抽查，总是被老师发现没有按照与老师约好的方法来做。

比如日本小学生的笔记，规定第一行要写上日期、时间及授课老师的名字；而裕希无视这些规定，没有注明日期和时间，甚至没有写老师名字。这样，老师检查时，不知道是哪天的课，无法核对，这就犯了"违约"的大错。

知道这些以后，我对日本的小学教育不得不服。日本评价学生，"成绩"不是最重要的，最重要的是培养学生如何"做事"和如何"做人"。

换句话说，就是日本小学教育讲究"过程"。

当一个孩子，在小学生的时候因为违背了与老师的约定，他的考试成绩即使100分，也只能得到一个差评，那么这个孩子，在今后的人生中，一定会注重守"契约"，尊重与他人的约定。因为他知道，在契约社会履行契约的人品才是最重要的。

一个小学生，即使作业满分，但是他的字，要别人去"猜"，给别人带来麻烦，也只能得到差评。这样的小学生长大以后，走进社会，一定会注意避免给别人添麻烦。

2018年8月31日

人间幸不幸

什么是孩子的幸福

三年疫情横扫全世界，越来越多的人在谈论什么是幸福。

特别是关于什么是孩子的幸福。

可以断言，孩子的童心是相同的，只是环境不同，身边的大人们价值取向不同，所以表现也完全不一样了。

疫情暴发前，我应邀去上海参加一场演讲，从日本去上海并不难，难得的是，只为一场演讲，没有其他工作，我赶紧约上海的年轻朋友见面。

他们提前一个小时说带孩子来。于是我把原计划以聊天为主的咖啡厅改为家族聚餐厅。

我知道现在二孩已经成为一种"时髦"，问带几个孩子来，他们说还只有一个8岁的独生子，我急忙寻找一个适合8岁男孩子的餐厅。

经过一番对比，我最后决定在下榻饭店对面的一家日式涮涮锅店用餐。一来，我想小家伙可能正处于食欲旺盛的时期；二来，日式涮涮锅店环境很不错，可以让他有一个惊喜；最重要的是涮涮锅用的是生鲜原料，肉也是较好的牛肉、羊肉，让人比较放心。而且涮涮锅是自己动手下锅，既有趣，又有家庭氛围，最主要的是8岁的小男孩正是好奇心旺盛的时候，能够自己动手煮东西吃，他一定会迷上这个玩意儿。只要小孩子高兴，做爸妈的一定也高兴啦。

因为在上海只待一天，临时又叫了住上海的一个朋友来，这样我们一行五个人就来到这家日式涮涮锅店吃饭。这家日式饭店不是中国式火锅那样，摆一个大锅在桌子当中，大家都在这一口大锅里涮着吃，而是一个人一个小锅，即日本人习惯的"分食"，每人在自己面前小锅里涮着吃自己的那一份。

小锅的位置也很特别，不是摆在桌面上，而是把涮涮锅嵌在桌面下的，这样个子矮小的小孩子也能够得着，不用站起身子来捞锅里的东西吃，既安全又非常方便。

我们一行人到了饭店之后，正如我预想的，小男孩充满好奇心，问了我很多问题："为什么一个人一个锅？为什么锅子不摆在桌面上？为什么是自己做自己的份……"

这个聪明的孩子，问的问题还真是问到点子上！我庆幸自己选对饭店，一个个回答了小男孩的疑问："一人一个小锅比较卫生，也让你可以自己动手，自己做自己的份呀。锅子嵌在桌面下可以防止你撞翻锅烫伤啦。自己吃的，本来就应该自己做嘛。"

小男孩对我的回答满意地点点头。说着说着，我们的饭桌摆满涮涮锅和各种生鲜原料。除了每个人有自己一盘牛肉或羊肉以外，每个人还有一大盘生鲜蔬菜：菠菜、油菜、上海小白菜、金针菇，还有豆腐、粉条等，还外加一个生鸡蛋，再配一小盘乌冬面。

　　小男孩马上兴高采烈、手忙脚乱地弄起涮涮锅来，他最感兴趣的是那个鸡蛋。他自豪地告诉我："我会打鸡蛋。"

　　本来，日式涮涮锅的鸡蛋吃法是把生鸡蛋打开，放进一个小钵里，用筷子捣成糊状，把涮好的肉蘸一下酱，再蘸一下生鸡蛋糊，然后才吃的。不过我们中国人不怎么喜欢吃生的蛋，我就反问小男孩："你怎么吃这个鸡蛋呢？"

　　小男孩毫不犹豫地说："打进汤里煮荷包蛋。"

　　我说："哇，我也学你，也这样吃吧。"

　　小男孩马上很高兴地示范给我看，还没有等这个蛋在锅里形成荷包蛋，小男孩就随手把他妈妈的那个蛋拿到自己的手里，又要往锅里打。他妈妈劝阻他说："蛋一次不能吃太多，对身体不好的。"

　　旁边他爸爸插嘴说："他爱吃就让他吃，我小时候想吃都没得吃。"

　　于是乎，小男孩把妈妈的蛋打进自己锅里，又高兴地伸手把他爸爸的那个鸡蛋也搬到自己的盘子来了。他吃了一个，打进一个；再吃一个，再打进一个。这下子，他们一家的三个蛋全部被他吃掉了！小男孩吃完后，不假思索地把目光落到我朋友的盘子上，朋友倒是很配合地说："我这个蛋也给你吧！"

他父母连忙说："不用了。"可是小男孩的手已经伸出去，转眼间第四个蛋已经在锅里形成白色透着红色蛋黄的荷包蛋，一瞬间又被搬到小男孩自己的盘子里了。

天啊！小家伙一下子吃进四个蛋，他的小肚肚已经溜圆溜圆了，但他还是刹不住自己的欲望，想把自己喜欢的东西都挪到自己的盘子里。这时他又把目光转向我的盘子，我的盘子里剩下我们桌上最后一个鸡蛋。当他把小手伸到我的盘子上时，我轻轻把他的手挡开，对他说："这个蛋不是你的哟，是姨妈的，应该是姨妈吃的。"

小男孩的手僵在那里，眼中闪出惊诧的目光，似乎从来没有人对他说过"不"，他已经习惯他这样的为所欲为是天然合理的。我再次对他说："你已经吃过了你的那份，这一份不属于你，对不对？"

小男孩似懂非懂地把手缩了回去，眼睛转向他爸爸，显然想得到他爸爸的支持。不过8岁的孩子，还是有克制力的，最后他虽然老大不高兴的样子，但在我这个敢得罪他的人面前，他还是乖乖地吃起自己锅里的东西了。

我的眼睛虽然看着小男孩，但余光还是看到他父母脸上也显出惊诧的表情，他们大概没想到我会这么"小气"，也许一瞬间不理解我为什么要与一个小男孩"斤斤计较"。他们对儿子百依百顺惯了，即便是他们的朋友，也没有人阻止过小男孩的任性吧。我慢条斯理地把蛋打进我自己的小锅里，慢慢地吃起来……

那时我想起几个月前，我去一个朋友家玩。她嫁给日本人，与她的日本丈夫和日本公公婆婆住同一栋、不同楼层的公寓。那一天因为我去做客，他们都来陪我吃饭。朋友有一个4岁的儿子，也是独生子。

那一天，他们做日本料理，但是最后一道是洋点心——小动物形状的曲奇饼。她婆婆把甜点端上来时，让我先挑选我喜欢的小动物形状曲奇饼。我看这些小动物曲奇饼，都没有重复，有小狗、小猫、小鸭、小熊、小企鹅、熊猫等，觉得他们的小男孩一定有自己心仪的小动物，于是先让给小男孩挑。婆婆却说我是客人，应该我先挑。

于是我就挑了一个熊猫形状的曲奇饼，因为形状显得很可爱。

接下来我心想应该是轮到这个独苗孙子来挑了吧。

没想到我之后，是公公挑，接下来是婆婆挑，然后媳妇、儿子，最后才轮到小孙子挑。其实这时也谈不上挑了，因为剩下最后一个，没有挑选的余地了。小孙子手里拿着最后一个小鸭形状的曲奇饼，眼睛又怯怯地看了我的熊猫一眼。我貌似领会地说："喜欢我这个熊猫吧？我跟你换，好吗？"

小孙子高兴地叫起"Panda（熊猫）"来，大家都开心地笑了。我马上拿起我挑的熊猫曲奇饼，想与小男孩的小鸭子曲奇饼换，婆婆亲切地按住我的手，眼睛看着小孙子说："怎么向奥巴桑（日语姨妈的意思）说呢？"

小孙子马上认真地说："谢谢奥巴桑。我要守规矩，别人的东西不能要，奥巴桑的一份由奥巴桑吃，我吃我自己的这份。"

也许是想起这个家庭教育小男孩的话，也许是我想到将来的事情，我没有把自己的鸡蛋让给面前这个8岁的男孩子。

我还听一位生活在澳大利亚的朋友说过，有一次他在市中心广场看到一个十一二岁的小女孩拉小提琴。前面的一块纸板上写着，她要去参加国际小提琴比赛，主办方只管吃住，来往机票需自理，请求大家帮助。他给了10澳元。小女孩边拉琴边说谢谢。他说："即使是小孩子，喜欢做的事，也必须自己担起来。"

试想，这几个孩子，待他们长大了，哪一个更受社会欢迎？更适应社会竞争呢？当一个只想自己，不懂得思考别人利益的孩子长大成人，等待他的是什么？

什么是孩子的幸福？朋友的婆婆的做法，显然是想培养孩子尊重别人，不能因自己的爱好损害别人；那位爸爸的做法，显然是想让孩子得到他想得到的一切，即使是别人的东西也不管不顾。

我们的社会，我们的大人们，应该为了孩子们的将来着想，不要过分保护，不要什么都迁就孩子的性子，更不要什么都让孩子优先，不然他们到社会上会到处碰壁，变成不受欢迎的人。

船旅结缘

2011年，我利用日本服装工作淡季的2月，第一次尝试了慢节奏的船旅，从东京到上海。

日本开往中国上海的客船有两艘，一艘叫"苏州号"，一艘叫"鉴真号"。这两艘船也兼运货物。

平时我们公司在中国生产的服装运到日本的渠道，都是船运，而且我们的货物都是走"苏州号"，因为一立方米货物的价格，"苏州号"比"鉴真号"便宜5美分。为这曾经的受惠，我选了"苏州号"的船票。

购票时我犹豫好久，一直决定不下买什么舱位。最后，在可以享受三楼的展望大浴池的诱惑下，选了一等舱，因为只有头等舱和一等舱的乘客才能使用三楼上的展望大浴池。

"苏州号"一等舱

一走进我的一等舱室，我马上联想起狄更斯在《大卫·科波菲尔》中所描述的小爱弥丽居住的那条古老、可爱的船。

像小爱弥丽的船那样充满生活的气息，展现在我眼前的竟是榻榻米的小休息间，高起15厘米的榻榻米上有一张小矮桌子，两旁安放着日本蒲团坐垫。小矮桌上洁净的两只日本茶杯安安稳稳地放在茶托上，一台电视被两颗大螺丝钉固定在小柜子上，一股安堵的情绪油然而生。

船与岸连接的扶梯撤离船时，我惊奇地发现，这个可以乘坐四人的一等舱室再没有旁人进来了，这简直就是专用舱了！

汽笛响的时候，我在三楼甲板上观望，期待着电影中经常出现的温馨送别情景的出现。

但温馨镜头没有出现，整艘船乘客的送别人只有两位，而且

人间幸不幸

这两个人更多的是在互相打听，或各自打手机，连挥手告别的手势也没有，更没有歌声或欢呼声。只是看见巨大的烟囱黑烟滚滚，让人好不扫兴。不过，这也在情理之中，因为在现代高速度、多元化社会，越来越少人乘船了。而且，这里的乘客大多是冲着比飞机便宜这个特点来的，头等舱和一等舱才会稀稀拉拉只有我一个人呀。

三天两宿的船上生活是单调的，还好我带了几本书，看书成为我的日课，另外到饭堂吃饭和到三楼展望大浴池泡澡就成了我最大的乐趣。

前面说过我买一等舱的决定因素是三楼展望大浴池，这也将成为我一天早晚两次必享受的节目。

第一天去女大浴池，早晚都只有我一个人，在大浴池泡澡时，我已经决定以后都放弃飞机来乘船了。泡在温暖的大浴池中，从船舱的圆玻璃窗向外眺望无边的大海，感觉这海好像童话中的仙境。大浴池的水随着波浪的起伏，一荡一晃，把身体一左一右地摇摆，哦，重现我那人生最早的摇篮的记忆……

可是第二天我去的时候，几个中国女孩挤满了大浴池，她们并不是一等舱和头等舱的客人，船票的权限里是没有使用大浴池这项的。不过这点违规也许有她们的什么原因吧，我并不在意。可是我发现她们没有先淋浴净身，就慌慌张张跳进大浴池，使我大跌眼镜。

有一个女孩，看似80后，居然在大浴池旁边刷牙，把水龙头开到最大，让水白白地哗哗流淌。我看了她一眼，希望她注意到，但她并没有领会。

等了几分钟，她还在那里放水，我终于忍不住，就过去拧紧水龙头。为了我们彼此的面子，我用日语对她说："我们是不是应该更爱惜船上的淡水？这儿不是温泉乡啊！"

从此我不再上三楼大浴池了，宁愿去普通的单人淋浴室，我是怕我又看到什么，看不下去又去纠正别人，自己不愉快，搞得别人一定也很不愉快。那么就干脆自己避开吧，虽然心里隐隐为一等舱的差价痛心。

说来也怪，自从我在大浴池拧了自来水龙头以后，在饭堂前、过道上、甲板上竟多次遇到那位80后女孩，我总是给她一个坦然的微笑，她似乎不好意思地避开我的视线。其实说真的，对越级享用舒服的大浴池，我并不耿耿于怀。虽然她们的做法有违契约精神，但是退一步说，本来那大浴池就是供人享受的，珍贵的大海中的浴池，与其我一个人享受，还不如更多人享受。

我的纠结是，明明大浴池旁边有盥洗室，供刷牙、吹头发，为什么她要在浴池旁刷牙？再说，我觉得刷牙是一件非常隐私的事啊，一个稍微含蓄一点的女性，往往羞于在爱人面前龇牙咧嘴地刷牙，所以我最讨厌牙膏广告了。

更纠结的是，明明浴池前有四个淋浴喷头，供泡澡前先净身，为什么她们要先跳进公共浴池呢？到底是缺乏基本常识，还是鲜为人着想？甚或本来就无所谓"洁"与"污"的界限呢？我在船上想了又想，没有找到答案，像海雾一样茫然无绪……

隔天傍晚，我去甲板散步时，看见她一个人出现在甲板，不知不觉我们两个人就要擦肩而过时，我停住脚步。

"你好！"我说。

"你会说中文？"她高兴地问。

"嗯！我们都是中国人。"

我们很快地聊开了。原来她是日本某县某缝纫工厂的中国研修生，两年期满回故乡。她说这次回家，永远不再回日本了，日本太苦了，每天工作10小时，从老板手里一个月才拿到8万日元（约人民币5080元），其余的老板说给了中国的"包工"。她说确实在合同上是这样签的，包工的说法是他们顶着被跑工（逃离研修地点非法留在日本）的危险，那样会被上面取缔。不过老板管吃住，吃还可以，只是6个人住一间，淋浴是在老板家的小浴室。

她说她最大的愿望是去一次日本的温泉泡澡，可是最终没有实现。听研修生前辈说船上有这个设施，又没人管，可以偷偷去，于是她选择了乘船。

她还向我说："昨天我不懂规矩，因为是偷偷摸摸、慌慌张张的，我也没有多想……谢谢你告诉我水龙头要拧紧……"

我才知道她是缺乏这方面的常识，也许她的父母应该教导她的却没有教导吧，我也想不出什么更好的话，只好说："知道了就好啦！"

我欣赏她有勇气承认自己的无知。我给了她我们工厂的电话，告诉她："这电话是我朋友的服装工厂，是接日本单的。你在日本缝纫工厂研修了两年，一定积累了一些日本的好经验。如果你回中国后没地方去，打个电话试试看。不过，听说面试的总经理很严厉哟。"她非常开心地用一个小纸头抄下了电话。

乘船的最后一天，预定中午12：00到达上海外滩的港口。

可是凌晨，天还没完全亮，我被一阵巨响吵醒。那种轰然巨响，如果在陆地上，也许不以为意，但是在这个茫茫无边的大海上，着实让我吓了一跳。幸亏那时日本海啸还没有发生，自然压根儿没有浮起海啸的念头，所以还不至于惊慌失措。

我没有航海的经验，不知道是什么声音，本能地跳起来，竖起耳朵听，巨响持续几分钟，然后忽然感觉到船没有了我已经习惯的那种乘风破浪的起伏感，取而代之的是原封不动的漂浮感。

我打开舱门，准备出去打听打听，这时听到相邻客舱里，一位带着两个幼儿的日本妈妈对她房间里的婆婆说："奶奶，船抛锚呢。"

我才知道刚才的巨响，是抛锚的声音。

听说船抛锚了，我第一个反应是：莫非提前到了上海港？因为事前听说在海上航行，船速受到风向和风速的影响很大，延误或提前都有可能。为了验证这个猜想，我打开中国手机，屏幕上赫然出现信号正常的显示，那个红色"圈外"（指通信信号范围之外）二字已经无影无踪了。我兴奋地看了一眼手机上的时间，是5：15，我想，这么早，海关工作人员不可能上班，所以暂时抛锚了吧。

早上7点，我到餐厅想打听更详细的消息，只见餐厅前立起一个大黑板，上面写着："由于大雾，暂停航行，离上海港还有6个小时的航行距离，请各位乘客待机通知接船的亲友。"我私下暗自高兴，这次我没有通知任何人，不必歉疚。

可是，之后这船就像被钉在海上，一直等到中午12点也不动。这时，广播响了："各位乘客请注意，我们为各位乘客准备好了免费的午餐，请到餐厅就餐。"哦？我想起一句名言："世上没有免费的午餐。"哈哈，这不是碰到了免费的午餐吗？

我来到餐厅。不料，这餐厅一改平时就餐人数寥寥无几的风景，排起了长队，一直延伸至餐厅外面。等到领取到一份免费的饭菜时，餐厅里已经没有座位了，只好端到船舱里吃。看服务员手忙脚乱的，怕给餐厅服务添乱，冰镇啤酒就不好意思要了。不过，在自己的船舱吃饭，那可是头等舱也享受不到的。

随着时间的推移，渐渐地，周围的人们明显地烦躁起来，很多人是要接着乘当天下午或傍晚的火车、轮船、飞机的。有十来个日本女高中毕业生要乘当天傍晚的飞机到西安去留学，她们都急得要命。

我又一次暗暗庆幸我没有安排紧接下来的行程，这时，想起林语堂先生的教诲："旅行的要点在于无责任、无定时……"

结果，船在海上漂浮了整整一天，唉，一天对这个匆忙的世界而言是多么宝贵啊！慢慢地，我也顾不得暗暗高兴啦。在船上白吃了三餐，第四天，期待已久的登陆终于到来。大家一拥而下，一位中国乘客居然忘了换自己的鞋，穿着船上的拖鞋就下船了，一直到取行李的时候，经别人提醒才发现。这时他已经办了海关的入关手续，无法再出关。

我在过关时又遇到了浴池里认识的女孩子，她说："谢谢你的介绍，我一定打电话去这家服装厂。"

我也对她说："一定哟。"

几年以后我在工厂遇到了她，她惊愕得眼睛睁得大大的，一直说一句话："原来是这样啊。原来是这样啊。"

感觉她变得非常成熟，她经过自己的努力，已经当了验货班的班长。这是后话了。

而这次因为全球新冠疫情，我们工厂不得不结束了15年的生涯。工人们到新的工厂去了。每当我想起这次船旅，就会想起她，那慌慌张张扑到浴池的样子，那没头没脑拧开水龙头的样子，那诚恳坦然地说"谢谢你告诉我水龙头要拧紧"的样子，心中不禁莞尔一笑，一股亲切感油然升起。

人生就是这样，一场缘分让人们走到一起，但是天下没有不散的筵席。但愿人长久，千里共婵娟。

2020年10月31日

一夜之间　变"三朝元老"

2019年3月我参加花城出版社在南京和长沙举办的我的新书分享会，会后我听到日本政府决定提前在4月1日宣布新年号后，还真兴奋。为了赶上这天能够坐在日本的工作台前，于第一秒听到新年号，我毫不犹豫地从中国赶回来，没有绕道回故乡。

这是因为，对我来说，这是第二次在日本遇到更新年号。突然之间，我要奔入我的东瀛"第三朝"了。

我是昭和五十八年（1983年）3月从中国厦门来到东京的。

1989年1月7日，87岁的昭和天皇在东京病逝，太子明仁作为第125代天皇即位，开启了平成时代。

记得当时我还是留学生身份，对"昭和"更新为"平成"，感到很新鲜，突然间好像穿越到古代中国，因为年号曾是中国的"专利"，后来这个"专利"被废弃了，却活在同是汉语圈的日本。

那时我的保证人，后来变成我丈夫的元山俊美，就"平成"年号，对我说了一句话，我至今记忆犹新，他说："日本唯一对得起中国的，就是保留了汉文化。"

2019年4月1日11：42，我与日本人民一样，牢牢盯住电脑屏幕，等待官房长官宣布新年号。当"令和"第一秒出现时，我与现场的众记者一样，一瞬哑然。这冻结的瞬间说明，即使被多层筛选入围第一秒见证宣布新年号的精英记者们，也和我一样，读不懂"令"字与"和"字组合的意思、意义、意境。

令和新年号公布

"令和"的日语发音"ReiWa"以元音结尾，这在日语组合中是很稀罕的，确实元音的余韵非常动听美好，但是它的字面给我在冻结瞬间过后的第一感觉是：宛如百年皇室御用高级"和果子"（日式点心的称呼）老铺的屋号，很难与一个"国号"或者"年号"联系在一起。

至于出典，我觉得不是大问题，至少是日本在保留汉文化过程中，摸索自己的语言的出路，在"汉为和用"（把中国汉字运用到日本汉字）上，为什么日本不能鼓励青出于蓝而胜于蓝呢？一个民族的语言以这个民族自我表达最为重要，不必别人指手画脚啊。

不过我纠结的问题是何谓"令和"！

✂ 人间幸不幸

"令"字在日语中，是"国家的基本法典"的意思，通俗地说，是"从上而下的意志"，这就很难不令人联想安倍政权致力于修改和平宪法的一系列动作，不能不令人警觉安倍政府的政治价值取向啊！

而且，如同演绎这个推理似的，4月3日19：08日本共同通信社发布惊人信息说：从1月下旬至3月上旬为止，选定的20～30个新年号候补中，都没有"令和"这个候补新年号，一直到3月中旬筛选进入最后阶段以后，才被追加进候补新年号里。

我关注到的是，进入决赛的六个新年号汉字："令和""英弘""久化""广至""万和""万保"。明眼人一下子就能够发现，这六个候补新年号都不是"高个子"，矮子中间挑嘛，还是"令和"最"高"吧。这个小花招，我们早在19世纪法国最重要的作家之一的埃米尔·左拉的著名小说《陪衬人》中，找到答案了：彰显白富美的女孩儿身边为什么要有丑伴娘。

不要小看这个小花招，不是日本政府没有民主，也不是日本政府强加的主观判断，而是巧妙的人设，让本来被称为"有识者"的评委们，在常识中迷失方向，一致选取了一目了然的"高个子""令和"君。"令和"就这样，名正言顺地敲定了。

即使这样，我还是祝福"令和"新时代。

日本的新天皇于2019年5月1日继位，皇太子德仁亲王浩宫成为日本的第126代天皇。祝愿德仁新天皇与雅子新皇后携手开启他们年轻时想做却没有实现的日本华丽的皇室外交。新天皇就位后迎接美国总统特朗普作为日本国宾访问日本，新天皇与皇后没有设翻译，直接用英语接待美国总统和第一夫人，给古老的皇室吹进一股清新的"令和"新风。

"昭和"不和，侵略有罪；"平成"不成，经济萧条。但愿"令和"时代，重新振作"昭和男子"的战后坚忍不拔的上进心；去掉"平成废物"的"佛系"心，为日本、为世界再创辉煌。

2019年8月10日

人间幸不幸

千里之行　低谷中迈出创业之第一步

　　2019年5月1日，日本因"平成"明仁天皇生前退位，提前"改朝换代"，德仁皇太子继位，进入"令和"元年。我站在"令和"元年，回想刚刚结束的平成时代，那里有我艰难创业的第一步，情不自禁百感交集。

　　我是昭和五十八年（1983年）3月从中国厦门来到东京的，在昭和年代完成了东瀛留学，于平成年代（1989—2019）初期顺利进入东瀛职场。在日本职场，我比同龄的日本人和中国人都幸运，在男女同工同酬还不很普及的日本，当上了一家日本服装贸易公司的对华窗口担当。因为我在日本学了文学，后又学服装设计，因此在日本这家服装贸易公司如鱼得水，担任中日跨境业务，风风火火，甚至被公司的女同事们羡慕地说："里子桑（女士）像'天上的飞鸟'，自由自在地飞在东京和上海的上空。"

要知道日本人使用'天上的飞鸟'这个比喻，就是最高的赞赏，因为耶稣说过："你们细心观察天上的飞鸟……"

就在我无忧无虑地尽情舒展我的服装设计和中文能力时，在我进入了来日第13个年头之际，运气就突然逆转，似乎应了"13"是个不吉利的数字这种西方文化。根据《圣经·新约》，耶稣于逾越节与12个门徒共进最后一次晚餐，门徒犹大为了30个银币，出卖了耶稣，致使耶稣被钉在十字架上。

没有任何预警，突然在我来日第13年（1996年）第13周，发工资的那天，日本社长亲自来约我喝茶。看来东方文化中，不仅中国，东洋人的约茶，也隐藏着悬念啊。

日本社长委婉地对我宣布，公司在日本泡沫经济破灭的洪流中，不得不"急流勇退识真曜"，因为公司顶不过1996年的国际贸易实务中的外汇汇率激烈波动，处于经营危机中。

1995年，1美元兑换79日元；到了1996年，变成1美元兑换144日元。这是什么概念？就是同样1万美元的订单，1995年公司只要付79万日元给中国的生产工厂；而到了1996年，公司却要付144万日元，可是日本国内卖到店铺的零售单价却是不能变的，这就导致公司资金周转困难。公司不得不采取裁员的紧急措施。

当时社长在宣判我的命运时，谈及第一个裁掉我的理由时，送给我两个字："公平。"

即为了对公司的员工一视同仁、公平对待，社长考虑到我的工资在同龄人中最高，而且我有一个可以做"靠山"的丈夫；更令我吃惊的另外一个原因是，社长说我很有"能力"。当然，我不知道是否也有我是外来的"东京漂"的原因。显而易见的是一个躲不过的日本传统企业文化——年功序列，以进公司的年份来论资排辈，我确实是同龄人中年资最浅的。

日本与美国不一样，美国公司是先炒最笨的"鱿鱼"，而日本公司是先炒年资最浅的"鱿鱼"。所以，我虽然"满腔悲愤"，但是，自己冷静下来，把公司同龄人排一下队看看，还是看到社长的"公平"两个字是有道理的。

我还清楚地记得，那天我手揣公司人事部给我的"解雇证明书"，拿着一小袋行李，里面有诸如茶杯、手帕、贸易手册、中日服装贸易关税一览表等平时买的积累的工作指南书，灰溜溜地走出公司大门时，平时要好的一位上海籍和一位东北籍同事，及几位同龄的日本同事都没有来送我，只有一位中国台湾籍同事吕桑（先生），在人们冷淡的目光中把我送到公司楼下。

我非常感谢吕桑，他给我冰冷的心注入一股暖流，让我感受到人间温情。当然我也不埋怨国内来的两位同事和日本同事，因为他们不了解实际情况，很可能以为我是因为犯了什么错而被公司解雇的，所以他们不敢表示关爱或者同情我这样有"错误"的人。毕竟，一个人在关键时刻，"站错队"是最不应该的，我非常理解他们。

告别公司，回家途中，天生乐观的我决定瞒着丈夫重新找工作。当时，我丈夫已经退休，而且退休金大部分用于他的民间反战运动团体中。我自负自己比他年轻，可以挑起这个家庭的经济重担。于是自己每天假装上班，手揣着公司给的"解雇证明书"满东京跑"职业安定所"。

虽然公司的"解雇证明书"得到日本政府部门的重视和优先考虑，可是无形的厚墙已经不露声色地挡在我的面前，那就是大龄女性的墙壁。那时候，已经芳龄不再的我，不知不觉爬上了中年妇女大军，"41岁"这个数字赫然写在求职履历书上。因为我个子高，乍一看经常被误认为30岁出头，可是细看履历书后，面试官都同情地摇头。

另外一个对我来说具有讽刺意味的是，我为了已经退休的丈夫能够安心，一心想在丈夫还没有发现时找到一份正式工作，可是偏偏日本公司一般正式员工这个职位对已婚女性是拒之门外的。日本人认为，妻子在家相夫教子是天经地义的，况且日本企业文化中正式员工经常要加班，不能按时回家，出差时更是好几天不能回家，已婚女性"不好用"。所以好不容易被政府"职业安定所"推荐到企业，却全部落空在年龄和性别上。

潮水有涨有退，人生有起有落，我这只踌躇满志的"天上的飞鸟"，乐极生悲，在残酷的社会现实中，被狠狠地摔落在满是水泥的地板上。

假装上班的我，傍晚经常在家旁边的小公园里蹭时间。这天，我一个人在小公园，看到一个日本大爷牵着一只宠物，满脸幸福地来到小公园的自动饮水槽。我一看他绳子那头一摇一摆的宠物，简直惊呆了，居然是一只黑不溜秋的乌鸦。顿时感觉这只乌鸦尚且有它的"安定"，我还真不如乌鸦啊，瞬间难过得一行泪水悄悄落在脸颊上。我从手提包里掏出手帕，刚要擦泪，突然一个非常熟悉的声音在我身后响起："你怎么会在这里？"我转

✁ 人间幸不幸

头一看，居然是我丈夫在我身后，顿时把我惊得目瞪口呆。

他见我不说话，越发觉得奇怪地问："你这是怎么啦？怎么还有眼泪？莫非是受什么委屈了？"我一听"委屈"两字，一下子崩溃了，眼泪像断了线的珠子，从脸上一串一串地滚下来。

跟着丈夫回到家后，我把这几天的事一五一十地说了。他听完，轻松地一笑，说："我还以为你遇到了什么天大的事，就是丢了工作。这算不了什么嘛。"

我不满地说："你倒是说得轻松。这算不了什么？那么我们今后的生活怎么办？"

这时我丈夫收起笑容，郑重地对我说："这是上帝给你的机会！你现在还有一条路，那就是走自己创业的道路。"

"创业"这个词，像是冥冥之中的引路灯，一下子把我的心照亮了。

那以前，"创业"这个词不曾出现在我的字典里，真可谓一念之差，失业灾难变天赐良机啊！

那以后，就像小说里的情节，我从低谷迈出了创业之第一步。

2004 年笔者在公司办公室工作

感谢我那去了天国的丈夫元山俊美，那时、那刻，他听了我那个星期的"悲惨故事"，不但没有和我一起"悲催"，反而用一个"逆向思维"告诉我："这是上帝给你创业的机会！"

通往横滨的路上

很多读者看了我的《三代东瀛物语》第五章第二节《在日本的第一夜，花尽我全部的财产》后，问我：后来你表哥怎么样了？

那说的是1983年3月16日，我第一次踏上日本的土地，也是第一次乘坐飞机，第一次只身出门。

可是到飞机场来接我的日本表哥（我母亲姐姐的孩子），对我说的第一句话是："我想你还是赶快回中国去比较好。"

这句话使我非常惊惶失措。因为我已经把国内人人羡慕的好工作辞掉了，带着我一个月的工资60元人民币（当时中国规定只能带6000日元出境），我已经没有退路了。

我的表哥不仅口头这么说，实际上，他把我带到一家东京市中心的旅馆，然后就回去了。我身上只有6000日元，只够一个晚上的住宿费，不含早餐和晚餐。

人间幸不幸

对我来说，不吃饭一两天应该挺得住，可是我当时不知道自己明天会遇到什么事，从而引起了我焦虑地对自我身份的想象，并且担忧起明天开始如何在这个国度重新建构自己的身份。

我踏入日本以前，我们与在日本的姨妈，除"文革"时期以外，一直都有联系，所以表哥的形象经常通过信件出现在我们的脑海里。我姨妈在中国三年困难时期，不间断地给我们寄来牛油、面粉、白糖，帮助我们渡过难关。

我们也经常寄东西给姨妈一家，当然不是吃的，而是我们兄弟姐妹的手工艺品，比如我哥哥的剪纸图、姐姐的钩针桌布、我的蜡笔明信片画、妹妹的绣花作品，等等。我理所当然地认为，表哥和我们是一家人。我与表哥的"身份认同"，就建立在这种思想基础上，所以至少在下飞机以前，我很有自信，因为我在日本有一个血脉相连的亲戚。

当然，我也没有长期住在姨妈家里的打算，只是我多么希望他说第一天可以借宿他家，把我带到横滨啊。万万没有想到表哥给我的第一个"见面礼"竟是叫我回去，这使我内心几乎崩溃。

当然退一步想，我的表哥也算对我很好了，他还在百忙中到机场接我。可是即使这样想，我还是非常遗憾，在日本的第一天，让我知道一个严酷的事实，就是日本的亲戚不认同我，甚至不欢迎我。那么那些跟我无亲无故的日本人就更不用说了吧。

在日本的第一个晚上，已经不是后悔的问题，而是害怕的问题了。"身份焦虑"和"身份认同"问题，可以说从我踏入日本的第一天就开始了。

不过，世界上的事情，总是有两面性，在不好的一面出现时，就会伴随着好的另一面出现。正因为表哥不认同我，所以我立志要做一个被表哥认同的人。终于，我也迎来那一天，虽然姗姗来迟，但还是令人难以忘怀。

我和表哥一别就是25年。岛国人忙，变成岛国人的我也忙，近在咫尺，远在天边。

1996年我创业时，曾经想请表哥相聚，一忙就错过了。2008年80岁高龄的姨妈参加在新宿举行的同窗会，她坐着轮椅，由姨父推着出席；因姨妈以前就读的女子学校的同学大都认识我妈妈，所以我就充当母亲的代表也列席了同窗会；在晚上的第二轮聚会上，表哥一家也出席了。

这是我第一次见到表哥的夫人及他们的孩子。谈笑间惊悉，表哥这几年往返香港、上海做商务，偶尔才回日本。真是不可思议，我在日本工作，他倒是在中国工作了。

时隔三个月，有一天，我突然接到一个既陌生又熟悉的声音打来的电话，是表哥。他从香港回东京出差，我们先在我公司见面，随后去用晚餐。因为表哥现在长驻香港、上海，我就是东道

寿司吧台

主了。我建议说："香港、上海什么山珍海味都好吃，就是寿司不地道，还是去寿司吧台吧。"表哥当下欣然同意。

表哥对着久违的日本酒、东京新宿名店的独特氛围，连声说令人怀念。

席上我发现，虽然我们25年没见面，但他对我的所有好事都了如指掌，对我的不幸都佯装不知，更令我惊奇的是，他对我们四个兄弟姐妹的性格也都能一个一个说出大概。这就是血脉相通，不必天天问候，不必年年拜年，却有一根无形的线连在一起。

表哥对我说："没想到当年的你，现在请我在东京寿司吧台享受日本料理的美味。今天的日本酒特别香醇，与陪客人喝酒时不一样。轻松愉快，想什么就说什么，真的是一种天伦之乐。"

表哥高兴至极，居然醉了。我让店主叫了一台车，我送他回横滨的家。在通往横滨的路上，我感慨万千。进入表哥家小区前，表哥突然酒醒了，认认真真、一字一句对我说："那时候，两个孩子刚出生，没能照顾你，真是对不起。"宛如今天喝酒，就为了说这句话，显得那么深沉、那么真挚。

那时候，虽然表哥请我去他家小坐，可是夜已深了，我怕麻烦他们，我就没有进去，重新返回车里。

在回新宿的车上，不知道为什么，竟从横滨一路哭到东京的家。自己也说不明白，既像要填上25年的空白，又像要把隐藏在内心深处的委屈骤然倾诉一样。但是有一点是肯定的，这不是那种凄切的眼泪，也不是那种感伤的眼泪，而是一种安笃的感觉，同时还含有一份感动，以及对生活的认知，甚至是一种被认同的喜悦的眼泪。仿若一缕温暖，了却了25年的心事。

我知道即使作为表哥，他也没有任何义务要照顾我。况且他也没有请我来日本，是我自己要来的。即使这样，他在酣醉之下还能发自肺腑地说声对不起，这其实是很难得的，是悠悠血脉之情的自然流露，是人间亲情挥之不去的缘分。

我和表哥约好，他回日本时再一起喝酒，这将成为我东瀛生活中的又一段美好时光。

2018年2月12日

人间幸不幸

那个冬天，我走进日本法庭当陪审员

东瀛三十载，经历了很多在国内不可能被我撞上的事情，比如被炒鱿鱼，被迫创业，被客户背叛，被同乡欺骗，再比如两次诉讼、一次被告，也就是说不得不三次走进日本法庭进行法律抗争。

而这些在我20多年来的散文随笔中都是看不见的，因为我们中国人报喜不报忧嘛。国有古训"父母在，不远游"，使我更不能把远游中的不幸写成文字，让家人担忧。

如此这般在异国被"千锤百炼"的我，基本上是"处变不惊"了。可是去年冬天，一封来信，还是使我怦然心跳。

这封信的落款是我所居住地方的日本县级（相当于中国省级）裁判所，我一看心中一惊，第一个念头是，莫非上次败诉的那个人要翻案？重新起诉？

但是，没有任何预警啊！百思不得其解，我皱着眉头、忧郁地打开这封信，一看，顿时眉开眼笑了。

原来一不小心，我被抽签列入日本法庭陪审员名单。

其实，"法庭陪审员"这个词我们大家都不陌生，早在1899年托翁的《复活》里就浓墨重彩描绘过。因为故事就是取材于真实事件，男主以陪审员身份出庭，见到被告席上从前被他引诱的女主因怀上他的孩子被抛弃后失足，并被诬陷入狱，深受良心谴责，开始为她奔走申冤，并请求同她结婚，以赎回自己的罪过。上诉失败后，男主自愿陪女主流放西伯利亚，最终感动了女主。但为了男主的贵族名誉和地位，女主最终没有和他结婚而同一名革命者结为伉俪。

我引述这个故事，是为了说明法庭陪审员并不是新时代产物，但是日本也不是照搬西方旧制度。托翁时代的法庭陪审员，以圣彼得堡和莫斯科两市为例，差不多四分之三为贵族、官员和富商。当今日本的法庭陪审员是全民任意抽选的，日籍纳税人都有资格当，只是凭抽签。

号称东亚西学先锋的日本，陪审员制度其实也是2009年才开始的。日本2009年至2020年8月累计约有10万人通过抽签成为陪审员，其中还包括替补梯队陪审员。也就是说至今1.2亿日本人中只有10万人当过陪审员。

但是，通知书说，被抽签到的人并不等于就是陪审员了，还要进行面试。

我一看又笑了，因为我刚刚还在奇怪，我这个人至今还没有抽签中过的经验。例如小时候家在鼓浪屿，中秋节鼓浪屿有邻里、同学、朋友好几场"中秋博饼"，我不要说状元饼，连秀才饼也没有中过；到日本每年新年玩一下彩票，也从没中过；即使超市里抽签购物附带奖品，也一次都没有中过。所以，日本裁判所通知里说，这个并不是最终当选陪审员，还要面试，我反而心领神会了："这就对了，人不可能在耳顺之年突然开运呀。"

但是，我心中的剧情急转，又马上认定这次我是妥妥地成为日本法庭陪审员了。

因为我今生虽所有抽签都抽不中，但我所有面试是百分之百通过的。从1983年出国时的签证面试，到留学生奖学金的面试，到日本企业就职面试，甚至创业后斗胆挑战日本政府对中小企业特别融资的面试，都顺利通过。所以，我断定这次面试是妥妥地没问题。

在那还没有疫情的冬日下，我步入日本某裁判所会议大厅，这次一共有45人参加面试。

我们按桌子上的号码顺序入席后，先是电视说明会，然后进入面试。面试分两种，由自己选择。

第一种是在原座位上，接受裁判长的提问，马上即席回答；第二种是在单人房间，接受裁判长的提问。

因为怕有的人不希望自己的意见公开，有的人不希望自己在大家面前发声，这么人性化的安排，真的让我非常感动。

不过我觉得去单人房间，会给裁判长多一份辛苦，就选择在大庭广众下接受面试。45人中有6个人选择在单人房间接受面试。

裁判长对我的提问中，我记得有一条："你对这样的陪审员制度有什么看法吗？"

大家一定最想知道的是到底有几个人被淘汰。日本的陪审员制度规定，一个案件由6个陪审员、一位裁判长及两位副裁判长审议。

我们45个人面试后将留下8位，其中两位是替补成员。因为审议和审判一共3天，这3天里万一6位陪审员中有生病或者因急事无法来时，这两位替补成员就可以马上替补。

公开面试和个别面试结束后，我们全体坐在原位填写申请交通费和民意测验的表格。大概30分钟以后，裁判长进入会议室，宣布面试结果，这效率也真的是传说中的日式效率啊。

通过面试的名单，不是叫名字，而是叫号码，以每个人入座的座位顺序为号码。

据说，这一方面是防止互相记住名字，怕万一泄漏给被审判的罪犯，会有看不见的隐患，这也是一种日式防患于未然的考量。

我是第6个进入会议室的，也就是6号，结果第一个被叫到的就是6号，就如我悄悄地自我预言那样，这次面试我又妥妥地合格了。

我们这8个人，那几天还有一个"头衔"，叫"非常勤公务员"，中文意思是"临时公务员"，除了每天有公务员级别报酬外，还有公务员保险。也就是说，如果这几天发生交通事故或者卷入突发事故，都享有国家公务员保险待遇。

我们8个人走到另外一个房间，接受小规模演习。当工作人员带我们进入实际的审判法庭时，我才突然意识到真的很严重，在这庄严的法庭，我将参与审判一个人啊。

我回到家，马上列了一个学习提纲，准备从网上系统地学习法律知识，顺便细读起刚刚从裁判所带回来的资料。

不读不要紧，一读毁三观啊，资料上面写着："为了起到审判员的作用，不需要学习法律知识，只需用你的常识来判断就可以。"

这条规定是在高度成熟社会，全民素质普遍高的情况下才可能做到的事情。这条规定告诉我们，在审判一个人的时候，不是用意识形态的认知，也不是用政治正确，而是用一个人的常识。

我作为日本"非常勤公务员"开始了3天的工作。

赴任路上的一个钟头，我一直纠结，我究竟会撞上一个怎么样的案件。

我知道，如果是杀人案或者是强奸案，我必须面对一些血淋淋的案情和一些不想看的丑恶。

我偷偷地祈愿，让杀人、强奸案远离我。

但是这是工作，如果可以选择的话，上帝啊，最好让我碰上一个吸食大麻违法之类的，如果运气好一点，再加上犯人是一个著名演员，这样可以不必当事后"吃瓜群众"，直接就在法庭看个清楚。

第一天上午在审议室听取裁判长对案件的说明，感谢上帝，我们审理的案件不是杀人案，也不是抢劫案，更不是强奸案，而是违法偷卖大麻案件。

这还真使我悄悄地舒了一口气。

下午，我们6个陪审员与正副裁判长一起从我们的评议室侧面的一道门，直接就进入法庭前台。我在这个评议室开了一上午的会，居然没有发现这个门是通往法庭前台的。

就像电影那样，台下各就各位的人们已经在等我们，穿着黑色法官袍的正副裁判长领头，我们排成一列进去。裁判长坐在中间席，我们陪审员依次坐在他们左右席上，9人成一排，台下响起轻微的嗡嗡议论声，后来听说旁听席现在对陪审员都会稍微品头论足一下。

我看到台下就近中间是两位书记官，左边是被告人和一位律师，右边是三位检察官。

前方是旁听席，前排坐着几位胸前挂着工作名牌的记者，另外还有一些旁听者，大约40人的旁听席几乎满座。

裁判长宣布开庭，请被告人进前面中央被告席。左边律师和被告人的座位上，被告人站了起来。虽然我们已经熟知被告人的年龄和履历，但是我还是因为被告人完全不像60岁的样子吃了一惊。

被告人走到中央时，我注意看了一下被告人的脸，没有我对犯人所设想的那样三角眼、满脸横肉、浑身猥琐，而是儒雅地、缓缓地步入法庭中央被告席，不卑不亢地朝台上鞠了一个不深不浅30度的躬，西装革履，戴着眼镜，头发看不见白色，甚至领带也配上低调且适合被告席的颜色——灰色。

检察官做了被告人违法事实陈述：被告人有过前科，这次被现场逮捕，纯属偶然，是因为被告人没有驾照擅自酒后开车，撞车后，被交警查到车上载有9克的大麻粉，马上升级转刑警处理。

检察官给我们传看了现场照片和现场扣押的9克大麻粉。

我有生以来第一次看见大麻粉末，白花花的，洁白无瑕，怎么也联想不到这样洁白的东西会使人步入罪恶的深渊。

检察官陈述事实的过程中，被告人始终脸不变色，心跳不跳就不知道了，表面非常镇静，目不斜视，笔直地恭听着。

当裁判长问被告人检察官的检举事实如何，被告人对起诉内容供认不讳，低头认罪。

因为被告人自己没有雇用律师，所以由国家法定的免费律师进行了辩护。

检察官的起诉与律师的辩护，有两个针锋相对的争辩焦点和一个强调事由：

检察官的起诉，一是被告人以贩卖大麻为职业；二是通过贩卖营生。

检察官还特别请求裁判长和陪审员们注意被告人不是初犯，而是有前科，没有痛改前非，反而明知故犯。

最后检察官求刑10年，罚款300万日元（相当于人民币18.8万元）。

律师的辩护强调，一是被告人并不是以贩卖大麻为职业，是朋友间相托，有顾客朋友做书面证明；二是不仅没有盈利，还出现赤字，有银行进账证明。

律师就检察官强调的被告人明知故犯这一严厉谴责，为被告人辩护说，被告人上次刑满出狱后，已经洗手不干了。三年后，服刑的狱友出狱，频繁来拉拢被告人参与贩毒。被告人在引诱和威胁下，再次走上犯罪之路，现在后悔莫及，决心痛改前非。

另外律师还请求裁判长和陪审员们能够考虑被告人的家庭情况，给予减轻刑事裁判。

律师说被告人的母亲患病，高龄90岁，有一个还在读书的未成年女儿，需要他的保护。10年前离婚后，被告人一个人带着孩子，照顾老母。律师求刑3年，缓期执行。

律师讲完，台下旁听席上又响起一阵嗡嗡的议论声。

说实在的，听了律师的辩护，感觉站在被告席的人不是以一个犯人的身份站在那里，而是以一个人的身份——没有大写，也没有小写，就是一个人——站在那里，有他的尊严，也有他的羞愧，更有他作为一个人的体面。

所谓"法律面前，人人平等"，就是这么简单明了地呈现在我的眼前。

一个社会，如果你只看成功人士，是看不出社会的优越性的，但是，如果你也看失败人士，就真的能够看出这个社会是否优越。

律师在为被告人辩护的时候，被告人肩膀耷拉着，看起来诚惶诚恐的样子。

最后轮到被告人说话，裁判长问被告人有什么要说的。

被告人没有谈及自己是不是以贩卖大麻为职业，而是只强调自己非常不孝，做了这样可耻的事情，想到如果要进监狱，恐怕老母会急得一命呜呼。

说到这里，被告人竟哽咽住说不下去了。

我自称是一个写作的人，赶紧扶一下眼镜观察被告人的脸，只见他鼻子红起来。我知道，鼻子红起来，就是真的，因为人强忍眼泪时，鼻子会酸，鼻子一酸，就会红起来的。

当然，被告人也是在争取"同情票"，但是在法庭上，看到这种场景，还是很意外。

第二天，我们一早来到裁判所的评议室，椭圆桌左边有一个很大的电视屏幕，右边一块更大的黑板。

裁判长引领我们就昨天法庭上检察官与律师的争议点展开讨论。裁判长不厌其烦地将争议的重点突出地写在黑板上，然后大家一条一条分别发表看法和自己的判决。

我们陪审员的争议点，重点也是在被告人是否以贩毒为职业，因为日本一般惯例是对以贩毒为职业的处以10年有期徒刑；反之7年有期徒刑。

不过这个问题我们很快就达成一致看法，因为有一个内部条例文件，以一个营业额数字为界限。这里就不便说具体。不过，这个被告人恰恰没有超过，所以，我们大家就没有争议了。

但是，接下来麻烦大了，就是律师请求考虑被告人的家庭情况。

令我诧异的是对被告人上有老母、下有幼女这个家庭情况，抱有宽容的态度的是年龄45岁以上的陪审员，当然包括我；相反，45岁以下的年轻陪审员则认为作为一个儿子、一个父亲更是不可原谅。

可见每个人的常识，与年龄和经历是有关的。

因为我们6个陪审员意见不一致，就必须不断评议，实在无法达成一致时，就必须以投票决定。

这种时候每个陪审员的一票，就显得非常重要，因为与裁判官的一票是同等重要的。

日本的陪审员制度是"3+6"模式，也就是说，即使3名法官认为被告人应该处以10年有期徒刑，6名陪审员认为律师求刑的3年是合理的，那么，其结果也就会判多数人支持的3年。

3年与10年之差，可谓天壤之别，能不慎乎？

所以裁判官也不轻易举行投票，而是在投票前，希望我们陪审员每个人发表一下自己对被告人是否减刑问题的具体原因、考量。

裁判官明确说，这是为了在我们互相沟通过程中，进一步探讨最佳判决。

人间幸不幸

我的发言我记在当天的日记里了，现在找出来引用如下：

被告人这次染指贩毒的原因，我觉得是那个狱友。大家也清楚，据统计这种人70%与黑社会有关系，他们劝诱加威胁，对一般人来说，很难抵御。所以被告人也有他的难处。

设想如果我们自己遇到被告人的情况，一定也希望不要让90岁的老母死不瞑目，因为10年有期徒刑，再怎么硬朗的老人，在这种情况下，也不可能等10年了。

被告人的女儿还在读书，如果被告人被判10年，女孩子的一生也会蒙上阴影。

一个人的错，没有办法挽回了，但是如果通过减刑，能够缓和另外两个人的不幸，不是对我们整个社会有好处吗？

所以，我觉得可以减刑。

别的陪审员的发言，因为隐私权，这里就不披露了。

最终这个案件的判决是被告人被判7年有期徒刑，罚款100万日元（当时相当于人民币6.3万元）。

最后我想把裁判长在第三天法庭宣判后，代表我们全体陪审员和裁判官赠送给被告人的一句话摘录如下，作为本篇的结束语：

"希望被告人以此为契机，断然与大麻和那些关联者切断关系，为早日回归社会而努力。"

在东瀛命悬一线

一、命悬2毫米时，医生们的措施颠覆你的常识

1.救护车呼啸奔跑，窗外景象令我目瞪口呆

2013年11月23日，一个秋高气爽、枫叶满山的深秋，我在日本东名阪高速公路上遇到车祸。

所有的车祸都是在一秒钟之内发生的，我几乎想不起细节，更确切地说，是身体的疼痛把细节完全淡化了。所谓失忆，真的存在啊，好像一个强烈的震荡，带来胸部的压抑和斩腰似的剧痛，随着不由自主的一声尖叫，脑袋一片空白。

奇怪的是，除了疼痛，我的身上居然没有流出一滴血；也没有擦破一毫米皮肤。这使我想起小时候听说的一句话："没有流血的暗伤，是致命的。"心情顿时紧张起来。

一种生理本能使我意识到，我的脊椎受到致命创伤了。从出事的那一刻，我除了脑袋和发声，几乎处于身体机能瘫痪的状态，所有报警、叫救护车等，都是车祸的另一方主动打电话联系的。

当救护车在15分钟后来到我的身旁，救护人员问我感觉如何，我马上肯定地说，我感觉我的脊椎骨受伤了，并且把疼痛厉害的位置说出来。

一个中年、个头与大多日本人不相符的魁梧身材的大个子急救医生马上断定，我不能变换姿势，不能平躺到担架。他们包括司机一共四个人，把我从车上以车祸时坐着的姿势原封不动地抬到救护车，然后用四种形状的靠垫将我原封不动固定好后，救护车马上鸣叫起来。只见高速上的车辆如同被上帝按了一个按钮似的，前方车辆齐刷刷地车头转开，然后车尾再齐刷刷地迅速往两旁移动，救护车呼啸着奔跑起来。这幅美丽的图像，定格在我刚刚空白了的脑海里。

日本国民的公众意识强到连处于生命危机中的我也要感动一番。

途中大个子医生每隔3分钟就问我有没有感觉手指、脚趾麻，一位助手用电话迅速地联系了离出事地点最近的日本古城、三重县桑名市一个叫"青木纪念病院"的老牌医院。

我知道在日本，凡是在个人名字后面冠有"纪念"两个字的医院，都是历史悠久且有实绩的老牌医院，通常是纪念创业先代名医而命名的医学世家医院，心中自然放下一块石头。

正常情况下，每个病人在治病前都可以选择医院，偏偏车祸这种突如其来的事件，往往使伤病员无法自主选择医院，这样就存在一种命运的变数了。

也就是说，你与这家医院的缘分是可遇不可求的。这家医院对我的命运将起怎么样的作用，那时候还是未知数。但是，实际上这家医院给我的恩情是不可估量的，以至于后来，我从生活了30年的东京搬到桑名定居了，这是后话了。

2.青木院长的一句话，立马使我脸变青

仅仅10分钟后，我被等待在青木纪念病院急救通道口的一队白衣工作人员从车上抬到医院急救室。我的姿势依然是驾驶席上那个样子，医疗助理给我换上医院的病号服。来了两名护士帮忙，他们三人轻手轻脚，小心翼翼地完成了这个看似简单却很揪心的动作，因为大个子急救医生临走前交代他们不能有任何失手，必须保持原来姿势。

衣服换好后，我被推到诊室，医疗助理测量了我的生命体征，即使在这个日本古城的医院，诊室也非常高级，设备俱全；隔一个走廊，就有各种精密测试设备。

刚刚量完一遍生命体征，就像有一个看不见的指挥棒，马上，耳边响起一阵急促的脚步声，进来一位典型的日本医生，戴着眼镜，灰白大背头，脖子上挂着听诊器，白大褂的胸袋上别着四根类似钢笔又好像不是钢笔的东西。他身后跟着四个精神抖擞的医生，就像由日本著名女作家山崎丰子小说改编的医疗电视连

人间幸不幸

续剧《白色巨塔》里的部长级外科医生，原来他是这个医院的第二代院长青木大五医生。

青木院长一进来，医疗助理就递给他一份我的生命体征表格，他一面看一面瞄了一下手表，然后问我手脚有没有麻的感觉，我说没有麻，只有腰剧痛。他说要先进行X光拍照，然后制定治疗方案。他告诉我，根据记录，离出事后过了40分钟，最坏的可能性已经排除，请我先放心。这一句话，确实让我心中宽慰很多。

第一次拍照为满足我当时拍摄体位要求，采用一种照射X光片用支架，把我固定好姿势后，移动拍片垫板，三个X光片拍摄技师穿着反射大套衣、手脚麻利地运作一阵。当房间灯光亮起时，好像大家都呼出了一口气。那种空气，使我体会到自己的伤势好像很严重。

我被两名护士推着从拍片室移动到青木院长诊疗室，短短5分钟，拍片内容就已经摆在院长案头上，院长一副严峻的表情，额头上增加了三道皱纹。

他一边按亮看片灯，一边指着X光片说："你的情况比我想象的严重啊。你看，骨折处离脊椎只有2毫米，而这个2毫米处的这道液体，我目前还不能判断是内部流血还是脊椎骨髓外流。坦白地说，我从事骨折外科手术已经40年，还是第一次看见这样惊险和充满未知数的案例。"

说到这里，大概青木院长看我的脸色正嗖一下变青，马上话锋一转说："幸运的是，你的身体素质非常好，比你的实际年龄年轻多了，我目前可以以我的个人名义担保你不会出现生命状况。但是，需要你协助我，努力做到上半身不要动，护士会定时帮助你做腿的轻微动作；为了防止褥疮，每天技师会帮助你安全侧卧一会儿。"

青木院长的话让我又开始忐忑不安，青木院长看着我的眼睛，又给了我一些安慰，他说："从现在起，我们帮助你平躺在特制病床上，你运气很好，这种特制病床是上星期才进入我们医院的。它的功能就是透气，能够使无法转身的病人长期卧床而不至于生褥疮，而且可以方便安全地平面移动到手术台。"

接着，在院长的指挥下，我被安置在院长刚刚说的、崭新的"高功能全自动病床"上。

3.没有带医疗保险证，被说这样的话

直到这时，医院挂号事务员小姐才来到我的床前，问我医疗保险证什么时候可以提交。

这次出门，我没有带医疗保险证出来。在日本，我举目无亲，无法立刻交代别人代劳把医疗保险证捎过来。我非常紧张，怕医院会中断治疗。

非常不安地向事务员小姐口头答应马上电话联系公司的人去找我的公寓管理人打开我家的门，取出我的医疗保险证，明天一定来交。事务员小姐善解人意地微笑着说："你现在最重要的是安下心来，先不要急，本周内提交医疗保险证就可以了。"她看我一脸惊慌失措的样子，又补充说："如果你个人需要什么，

不要客气，说出来，我们可以帮助解决，比如买东西、打电话等。"又是以人为本的暖心安慰啊。

这是什么概念？就是说，从救护车到达起，我的所有医疗费用都是医院垫付的啊，日本这种人性化的社会保险实在令人感动。

这时候，我想起我丈夫生前总是交代我，出门不要忘记医疗保险证。我总是顶嘴说："你们日本人就是傻，又不是为了准备住院而出门，干吗带医疗保险证？"丈夫又总是一脸严肃地说："保险证就是守护神，带了，反而不会出事，不带，就很难说啰。所谓有备无患。"真没想到，被他老人家一语成谶啊。唉，不听老人言，吃亏在眼前哪，后悔莫及。

事务员小姐把我的驾照拿去复印，然后送回。她走后，我马上被连同床一起推出病房，再进到另外一个精密检查室，进行第二次精密检查。

4.为什么越怕医生追问的事情，医生越乐此不疲

回来进入病房后，已经下午4点了。人，一旦得到安定，紧接着就是感觉肚子饿。那天我早上6点吃的早饭，一片面包、一个半熟鸡蛋和一杯热柠檬茶而已，心里纳闷，这个医院怎么没有提供午餐，我已经10个小时没有进食了。

仿佛我的心事被察觉，院长助理拿着一个文件夹来到我床前，开始交代我今后的事情。原来，我不仅不能动，而且不能吃饭，甚至不能喝水。要等到我胃肠气排出以后，才能喝水，吃流

质食物。因为车祸身体创伤后，整个肠胃功能停止了运作，这个时候如果喝水或者吃东西，就会发生腹胀、恶心，甚至呕吐等不适。像我这样须严格禁止动荡的病人，万一呕吐，就会产生不可抗拒的身体大幅度动作，非常危险。院长助理说："我们现在就要等待你胃肠气排出后，你的胃肠功能开始恢复运作，再安排进食，确保安全。一有'动静'请马上给我们汇报。"

哦，天啊，在那之后，所有来到我床前的护士、医生，甚至堂堂院长都像礼节似的，第一句话就问："怎么样，出来了吗？"问得我脸一红一白。

偏偏我的肠胃特不争气，就是不配合，所有的医生、护士都替我焦虑，等着我的肠胃"动静"，唯有我那肠胃悠然自得，一动不动。没想到这一等，居然等到第三天，才等出尊贵的"小屁事"。

我的日记里破天荒地记录了这个"小屁事"："第三天早上10点，终于惊喜地迎来那姗姗来迟的'小屁事'，马上按传呼机，护士咚咚咚地跑过来，高兴地表扬我：'终于出来了，恭喜你啊，马上特别为你开饭。'就在这时，肠胃非常应景地咕咕欢叫起来，护士听到笑得发丝乱颤。我也高兴地还礼说：'托你的福。'"

期待中时隔三天的"饭"真的来了，哈哈，一位身穿雪白烹饪衣、头上别着一条雪白头巾、笑容可掬的营养师大妈，胸前骄傲地挂着一个日本营养师执照，煞有介事地双手端着一个托盘，上面盖着一枚雪白的纱巾，这"饭"千呼万唤始出来，犹抱琵琶半遮面。我满怀期待地盯着这阔别三天、被纱巾神秘包装的"盛餐"，当她走近揭开纱巾时，我差一点尖叫起来，原来仅仅是一杯热牛奶可可，旁边有一张慰问卡。我心中暗叫："Oh my God！"

因为不能动，营养师抱起我的头，"监督"着我，慢慢地、秀气地、一口一口地喝下这杯珍贵的牛奶可可。说实在的，至今为止，我们这种上班族一般都喝咖啡，没有光顾过娇滴滴的牛奶可可。没有想到，牛奶可可居然这么好喝，那个香、那个甜、那个美妙的温馨，如果不是营养师大妈一再叮嘱慢慢喝，我大概会咕咚咕咚地一股脑儿喝光啊。

从此遂令里子我，不重咖啡重可可。

5. "巫婆"解梦：我噩梦中与死神擦肩而过

11月23日晚上，本应该住在大阪饭店的我，鬼使神差住进了从来不曾路过的这个医院。

那天晚上，我被一个梦缠绕。梦中，我落入一条隧道，奇怪的是隧道的两旁，竟是黑色的窗帘，在烈风中一边哗哗地响，一边从我身边滑走。我拼命地要抓住隧道窗帘，可是就是抓不住，于是我拼命地喊："妈妈！快来救我。妈妈！快来救我……"叫了很久，突然，一个柔和的声音在我耳边响起："我来了。"我松了一口气，睁眼一看，原来是护士。

护士说，我凄惨地喊着"たすけて（救救我）"，邻床病友被我吵醒按铃叫护士来"救我"。哦，我彻底醒了，明白自己在做噩梦。

说来奇怪，我做梦的那天早晨突然接到一个并不常联系的忘年之交神田老师的电话，她问我最近有什么变化吗？我一下子有一种不可思议的感觉。她比我年长20岁，有一个"巫婆天使"的外号。因为她50岁以前在医院度过10年，先是年轻时与她的表哥坠入爱河，不能自拔，被出身名门的父母反对后失恋自杀未果；接着在自杀的影响下，趁家人稍微娇纵之隙，与表哥未婚怀孕生育；50岁时癌症缠身，几度从死亡线上活过来。她所经历的生死存亡、近亲爱憎的复杂人生，使她不论对什么问题，都可以瞬间说出与众不同的解答。

我不假思索地告诉她，我正在医院住院，她马上说，真是"冥冥之中的预报"啊。她说她刚刚感觉心里莫名其妙地躁动，不安起来，才给我打电话。我顺便就把晚上那个梦讲给她听。她告诉我："昨天，你已经在死亡边缘了。那个隧道，是你生命的时空隧道，创伤处正在进行搏斗的时刻，也许你正有一个身体动作触犯到生死线，于是神灵（生命本能）就通过大脑，用'梦'来唤醒你。也就是你正在滑向死亡的时刻，你的命数在经过一番挣扎后，偏向了'生'，赶走了'死'啊！"

我听得吓出一身冷汗。

说起来也真的很蹊跷。我一直生活在没有真正意义上的隧道的地方，我出生在中国鼓浪屿，鼓浪屿面积不到2平方千米，连一架马路天桥都没有；从厦门大学毕业后，在日本东京学习、工作，我的活动范围在早稻田、新宿、中野、涩谷、原宿，这些地

人间幸不幸

方也都没有隧道。为什么我会在梦中滑进隧道，一直到现在，百思不得其解，因此，我相信"巫婆天使"神田老师的分析有一定的道理，就是一种生命的暗示。

二、手术前的恼人选择，如果是你，会当机立断吗？

1.跃跃欲试的青木院长突然退却，只因这个1%

骨伤这个"病"，是所有病中最无药可治的病，因为人的骨头不稀罕药物，它只稀罕天时地利人和。我这么说，听起来好像很奇妙，明明是治病问题，怎么就变成哲学问题了？呵呵，还真的是哲学问题呢。

青木院长行医40年，与各种各样的骨伤和病变打交道，他说我的这个惊险创伤还是头一次遇到。通常对医生来说，职业上是欢迎第一次遇到的病例，甚至可以套用"可遇不可求"，因为作为医生，这是他们积累临场经验的"机会"。青木院长从第一天开始，就亲自担任我的主治医师，也可见他的重视度和亲自执刀的意愿。

可是到了第五天，青木院长让护士把我连床一起推到他的诊疗室，和蔼可亲地与我交谈了30分钟（这个时间对院长来说超长啊）。概括起来，他的谈话就是一句：决定放弃对我的手术执刀，因为他对我骨头的创伤手术有99%的信心，但是还剩下1%没有把握，所以，为了这个1%，他非常遗憾地要放弃。

我第一个反应是蒙了。不过，他接下来的话又让我高兴得热泪盈眶。他说，他的部下外科部长青木正人医生的大学同学，是日本脊椎、脊髓外科排前三名的名医，名叫加藤文彦，是名古屋国立中部劳灾病院的院长。青木部长已经成功联系好了加藤院长，把我推荐给他主刀。加藤院长的病人已经排队到明年4月份，但是鉴于我的"2毫米"病情危险，同意"插队"，在三天后，腾出病床时，移交我到名古屋。

青木院长继续说，如果我不想移动，还有一种办法，就是与"手术疗法"相反的"保存疗法"（中文叫"保守治疗"），但是至少要这样躺在床上半年，而且不能保证能够直起腰板，也有可能变成驼背。

这简直吓死我了，爱美如我，如变驼背，我宁可死在手术台上。

也就在这时，我才真正意识到这车祸创伤真的很严重，严重到有40年手术经验的院长大人也望而生畏啊。

我回答青木院长说：我感谢青木纪念病院救我渡过鬼门关，并感谢给我介绍日本名医，我同意主治医生从青木院长转为加藤院长。

不能不说这个即将到来的移交，是一种天时地利人和的结果。

2.与日本脊髓外科加藤文彦名医初次见面，目瞪口呆

由于我的车祸创伤惊险，与脊椎骨仅差2毫米，我被救护车搬运到的青木纪念病院的青木第二代院长，经过反复推敲，悬而未

决的手术刀终于尘埃落定在名古屋国立中部劳灾病院加藤文彦院长手里。

我虽然在青木纪念病院躺了8天，没有进行手术，那"2毫米悬案"依然挂在那里，所以医院还是把我当成急救病人，我被四名技师第二次抬上救护车，送至名古屋国立中部劳灾病院。

随车来的青木纪念病院院长办公室工作人员，帮助我做了转院交接工作，在这举目无亲的日本，我真的很感谢青木纪念病院无微不至的关照。时间没有让我多一点惜别的余裕，四轮担架车马上把我送进病房五楼，入住特别观察单人病房510号，还没等我细细观察一下这个精致的病房，我的新主治医师加藤文彦院长就来了，他身边居然没有跟班，是一个人来的。

躺在床上看一个人的时候，不见整体，只见脸庞，那是什么概念？就是没有肢体语言，只有眼睛跟眼睛的对话。

一张在日本居酒屋经常可见的头发稀疏的大叔脸，出现在我的床前，一瞬间，我内心深感疑惑，这样一个人是日本著名脊椎、脊髓外科名医吗？可是当加藤医生那细长的、黑白分明的眼睛睿智地光芒四射地看着我时，我情不自禁被他的气场所吸引，当他展颜一笑时，那弯弯的眯缝起来的双眼，竟还有一种招人喜欢的贴心感，对他的信赖感悠然而至。

加藤院长叫着我的名字，好像我是已经认识很久的老朋友那样说："元山，你来了！青木君已经把你的情况详细告诉我了，你的病情都输入我的电脑里了。好，从今天开始，我们就是一个团队，我需要得到你的配合，我们一起努力。这个单人房，是为我们在24小时内密切观察你而备的，请不要紧张，一切都会好起来的。"

接着来了护士长和两名护士，她们开始在我床前床后忙着这个线那个键地布置，加藤院长跟护士长说"那么拜托你们了"，就匆匆离去。

一个大名鼎鼎的院长名医，把你视为同一个团队，那是怎样的一种感觉？那不是"住院"的感觉，而是"回到家"的感觉。

日本名古屋国立中部劳灾病院院长加藤文彦

加藤院长露面仅仅8分钟，就给我留下深刻的印象。原来日本大名鼎鼎的院长可以这么平易近人、这么以病人为中心。

3.手术理想很丰满，现实真的很骨感

原本以为我转入第二个医院后，马上可以进行手术，没想到院方需要做10天的术前准备工作。之前在青木纪念病院的所有数据不是第一手的，医生不敢下手，他们全部再做一次复查，科学就是这样认理不认人。

进入特别观察单人病房24小时后必须转病房。按照日本医疗

保险，单人病房是自费，双人病房减半，四个人以上全免。

这次车祸，对方应该给我的赔付包括入院费、伙食费、手术费、搬送费、石膏模型制作费、精神慰问费等所有费用。如果我要求住单人病房也是可以的，但是保险关系会有很多手续，光表格就要填一箱，盖印盖到手软。如果继续住单人病房，会增加繁重手续，也会使对方增加精神上的压力（要求单人房必须参照受伤程度，据说，我的情况可以用事故保险住单人房）。不过，我这个人不爱过于要求别人，而且这个医院远离我生活工作的中心东京，没有人来探病，我也怕受伤中的寂寞，于是我申请住最多人的病房，第二天傍晚，我转入518号8人病房。

也许是因为我的伤势严重，也许是因为我的主刀是加藤院长，也许因为我人缘不错，反正医院给我腾出朝南靠窗的最好床位。这个开阔的朝南大窗，在这种凄惨瘫痪在床的日子，它非常重要，让我歪一下脖子就能够看到太阳，看到月亮；等腰部开始剧痛时，还能够看到雨和雪；最重要的是能够让我联想幸福还会归来，它暂且就在玻璃窗的外面，正弥漫人间，唾手可得。

我的担任护士（管床护士）名叫铃木麻美，她制作了一张入院治疗计划表，每天的运作事项都写得明明白白。我的作息时间、几点吃饭、几点到哪个房间进行什么测试等，都写得清清楚楚。

手术前，还需要做很多检查，叫"术前准备"，其中有抽取腰骨髓、注射造影剂、验血、检查肺通气量、体表标志的精密测量、核磁共振（MRI）成像等。

手术前一周，加藤院长在一个有屏幕的大房间，与躺在病床上的我面谈手术风险和手术同意书签字的意义。因为我在日本举目无亲，院方希望我叫我家派人来。但是，我考虑到当时我父亲已经95岁，母亲也快90岁了，虽然双亲都很健康，但是已经不是可以接受精神上打击的年龄了，从车祸那天起，我就瞒着国内所有家人。

加藤院长非常吃惊，大概这种情况他们还是第一次遇到。他说，原则上一定要有家属盖章，不过鉴于特殊情况，应许我公司派人来与我一起签字。

加藤院长说他本人对这次高难度手术经过几次修改方案，目前有100%的信心。但是，因为手术时间会长达5小时，途中，处于全身麻醉的患者，每个人的体质不一样，预测外的事故，比如脑出血、心率急升、氧饱和度下降，这些急变甚至不排除引起瘫痪的可能性。不论哪场手术，都存在残酷的变数。这些都要考虑好，才能动手术。所以，手术前必须本人和家属签字承诺风险。

出乎意料的是，还有一个签字等着我。加藤院长告诉我，这次手术，在日本脊椎、脊髓外科临场经验上还是前所未有的，很多医院的医生和医科大学的教授都希望能够观摩手术现场，一共有21名医生，组成一个21人观摩团。因为在手术台上，病人都是只系一个丁字巾，有隐私权问题，也需要征求我的同意。这个嘛，为了人类医学进步，我也就同意签字了。

手术的理想，是令人鼓舞的，丰满而充满阳光，但是现实不能排除的危险真的很骨感，我的情况是命悬2毫米。万一稍有意

人间幸不幸

外，脊椎骨髓出问题，等来的将是终生瘫痪。比死亡更可怕的是瘫痪，因为需要借助别人之手吃喝拉撒，这个在我住院的这些天已经体验着，让别人一把屎一把尿地护理，真的逢"大"就有无可救药的罪恶感，无地自容啊。

4.日本住院禁雇护工，禁家属带饭菜，更严禁叫外卖，才知道：不禁不行啊

日本医院住院都是由护士24小时看护，院方不许家属自带饭菜给病人。从入院的第一餐开始，全部按照医院的营养师指示下菜单，精心料理，每份饭菜都标有病人的名字。医院送饭时，一定不可少一个程序，就是口头让病人说出自己的名字，然后确认后，才把那份饭菜放到病床附带的桌子上。如果病人正无法说话，必查看病人手腕上的名字，核对后才允许吃自己的那份饭菜。因为饮食是治疗中密不可分的一部分。

另外院方也不允许病人自己雇用护工。众所周知，日本是一个严格的"执照社会"。我有一个日本朋友是"执照控"，一共考取20个执照：红酒鉴定、蔬菜通、导游、英语同步口译、气象员，等等，包括看护执照，就是做护工的执照。在日本，护工不是有体力就可以的，要有执照的，医院怕没有经过训练的人滥竽充数，坏了整个疗程。

日本医院最忌讳的就是叫外卖，因为外卖一般都比较油腻或者盐分太重。外卖的卖点就是好吃，食材并不可能保证新鲜，就要靠各种调味料，调味料却是病人的大敌。当然外卖还有卫生管

理方面的疏忽，还有安全问题，医院本来就是各种人出入的地方，如果允许点外卖，就会埋下欺诈或者偷盗的隐患。

实话说，日本医院的伙食并不好吃，但是很健康，吃后虽然味蕾不会特别欣喜，但是身体总会叫好。

日本医院每个病人，都有自己专属的担任护士。晚间，护士们轮流值班，护士对自己的病人非常体贴，她们什么事情都全心全意地做，还不忘面带微笑。因为我的伤势比较严重，被救护车送进医院后，每天一次热毛巾擦身体，早晚刷牙，三天一次沐浴，都是护士负责。沐浴是躺在沐浴床上，全自动连床带人进入大浴池，然后护士帮助洗澡，真的是出乎意料，目瞪口呆。才知道禁止自己雇用护工，意义重大。

那次入院，我是在医院过圣诞节的，12月25日清晨起来发现在枕头旁边有一个圣诞礼物，那是护士手工做的圣诞卡（见右图），真的真的很感动。我一直留存在身边，正是因为医院这样完善的医、食、护一条龙，我才得以在举目无亲的日本，一个人妥妥地住院，才得以瞒过年迈的双亲，尽一份孝心。

✂ 人间幸不幸

5.忽然想起提前立遗嘱

再看签署同意书里有一段明确指出："虽然我们医务人员本着医生的职业道德，将投入百分之百的努力，但是，众所周知，医生不是神，而且人体也不是一成不变的，万一在手术过程中发生事故，是我们最不愿意看见的，但也是必须估计到的。所以，事先也请贵家属和本人了解并承诺这个风险。"

我非常赞赏这种契约社会的做法，客观地、明确地指出风险，坏话说在前，两相情愿。

我在同意书上签署了名字。并且以防万一，我准备了两份遗嘱。

一份是如果我瘫痪变成植物人，不要维持生命，请给予申请"安乐死"待遇（日本法律目前还不承认安乐死，但是可以待到法律下来马上执行）；一份是自己身后的遗嘱。

另外，我在手术前的一星期里，艰难地敲键盘，用电脑写下12封信，签好名字，空着日期，吩咐朋友万一我有个三长两短，就每隔四个月，添上日期，给我父母寄出一封。因为我父母都没有手机，我一直都是写信给他们的。我根据自己的想象，虚拟了以后的生活，然后码字写信。

不过后来手术大获成功，我不仅能站起来，还活得很好，再看那些虚拟的信，简直是"旧社会"了，完全与现实脱节。如果我真的发生意外，其实，这些信也发不出去，必须有人假冒我重新写。呵呵，原来，人间生活都是超过自己想象的，这是后话了。

三、手术台被围观，是一种什么感觉

1.赴战场似的赴手术台

手术当天，当然要禁食，而且还通过灌肠把宿便全部清空，彻底饥肠辘辘。

接下来由骨科医生进行经皮椎弓根穿刺，医生要在我的椎弓根骨打入椎弓根钉。局部麻醉后，听到医生往我的椎弓根骨钉"钉子"，那"铿铿铿"的声音，是真真切切在骨头上钉铜钉的声音，听起来很不可思议，似真似假。医生说，这是手术开刀的重要开端，也就是为接下来加藤院长主刀时定位，是坐标性的第一"枪"。

手术室比电影里的手术室大得多，这也许是因为我一直处于躺的状态，眼睛离天花板很远，空间显得特别大。室内有麻醉师、器械护士、神经监测技师及主刀加藤院长，总共有十来个人，极其安静。奇怪的是，他们都一改平时脸带微笑的表情，个个严肃得好像要上战场。

我心想等下会有21位观摩团专家来围观，而我将要进入无知无觉的状态，顿时生出无名的悲壮感。

后来听前来守候在手术室旁边的朋友说，这些专家是在我进入病房10分钟以后排队成一字形，"浩浩荡荡"进手术室去的，俨然是名副其实的"检阅队"。

我被放成脸朝下方的俯卧位，嘴巴、鼻子、眼睛都有相应的凹形托垫。嘴巴和鼻孔都有孔，麻醉师把一个什么拿到我的鼻子

下面，叫我吸三次，很快我就失去了意识。好庆幸全麻的时候一秒入睡，可能跟我平时速睡习惯有关系吧。

这里不得不说一句：再高明的主刀，也必须靠麻醉医生的前奏才能够让手术圆满成功。在日本，麻醉医生都是单独与患者交流的，没有麻醉医生点头，主刀医生，即使是院长也没有办法开刀。

负责我的麻醉医生在我签署手术风险同意书的当天对我进行术前访视，询问病史及我的直系亲属的病历，简直是三代祖宗全部问到。甚至好像特别拼命想"挖掘"我有没有心理疾病似的，对我没有通知国内家属来陪术似乎很在意，一再提醒我手术时可能出现的手术风险，提醒我术前应注意的事项，力图解除我的不安与焦虑。令我欣慰的是，麻醉师最后告诉我："您的身体素质是我们麻醉医生最放心的，几乎满分，所以我很有信心，请您不要紧张。"

加藤院长在麻醉医生来之前也告诉我，要好好配合，有什么心理障碍或者疑惑，都不要保留，加藤院长还说："我执刀手术，也就是治你的病；麻醉医生可是管你的命哟。他下的一剂麻药，关系到我的手术成败，所以，拜托，要好好与麻醉医生沟通。"

加藤院长的话，让我感受到日本医院团队精神与上级对下级工作的全力支持。这么有名的加藤院长居然把麻醉医生排位在他自己的上面，怎能不令人感动啊。

细细想来，麻醉确实不简单，因为人在药物的作用下，秒睡似乎对体质好的人是不难的，难的是在预定必须醒的时候你能不能醒。这就要看麻醉医生的处方是不是精准到微克。

非常幸运，我在吸取麻醉药后不仅秒睡，而且在手术完成后，加藤院长叫我的名字时又秒醒了，可见我的麻醉医生下的药非常精准。

2.麻醉醒后，我的第一声与第一个动作，你一定猜不到

话说5个小时的手术结束，加藤院长叫我的名字时，我立刻醒了。而且一醒过来，不像其他的病人不知自己所处的环境，我已经被放回手术前的仰卧位，一看见手术室的无影灯，我居然马上意识到："手术成功啦。"这个时候，身体还没有感觉疼痛，一定是皮肉还承受着麻醉。整个人有一种从遥远的过去回到了新的世界，邂逅到一抹人间欢喜的悸动。

我的身体虽然无法动，但是手可以动，我冲着加藤院长竖起手指，比画了一个"V"，并说："谢谢，我，恢复啦！"加藤医生也高兴地回我一个"V"，然后说："我们成功了。"我情不自禁高兴得滚下眼泪。

我的腰椎旁的断骨，被两颗分别为45毫米长的不锈钢螺钉锁起固定了。后背腰处开刀后缝合17针。从这个手术台被抬下来的我，已经不是从前的我，除了父母给我的身体以外，又加上了这两颗加藤院长给我的不锈钢螺钉！它们撑起了我的腰板，将陪伴我走完我的人生！

3.晴雨天预报员是这样炼成的

出院后第一次乘坐国际航班时，我还害怕在安检处身体里埋着的两颗螺丝钉会使安检探测器叫起来，随身携带了那两颗螺丝钉的透视图片，以便提交边防安检。不过，实际上，安检探测器并没有叫，那以后我就没有随身带了。可见这两颗螺丝钉已经成为我身体的一部分了。

不过，我在手术后，至今一直不敢看自己的伤痕，一方面希望自己心理上不要烙上这个伤痕；一方面也希望自己不要有受伤的包袱。当然，我也希望不要记住车祸的另一方。我从一开始就婉言谢绝对方的探望慰问，我觉得这种无意中的车祸说不上谁对谁错，更没有道德标准衡量，有的只是技术问题，所以没有必要耿耿于怀。

久而久之，我有时候就忘记自己的身上有两颗螺丝钉了。不过，等到下雨天或者下雪天，那两颗螺丝钉处就会隐隐闷疼，这时候，我总会想起小时候看到身上光荣负伤的老红军的故事，说他们是晴雨天的预报员。没想到，自己也成了晴雨天预报员了。

四、手术后的残酷训练，把一生的见识都赔上了

1.世上最难的事莫过于与自己战斗

就在我的床被推进24小时重症监护单人房时，身体就像被计算好似的，剧烈的疼痛滚滚而来。好像腰里放进一块大钢块，很沉、很痛、很受压迫。过两个小时后，仿佛有一辆坦克从我的腰

身碾过来碾过去，全身不可控制地颤抖起来。

我这个人算忍耐性极强的了，没有呻吟，可是身体是不以人的意志为转移的，浑身颤抖不停，非常狼狈。麻美护士在我身边，她应该久经考验，居然也慌张起来，说："你一定很痛吧，要不你叫出声吧，会好受一点啊，叫吧，叫吧。"麻美护士那不经意中善良的给予，震颤着我的心扉，我的眼泪就唰唰地滚下来。

麻美护士反而更担心起来，我颤颤巍巍地、语无伦次地回答她："不是的，痛是一定的，但是我很感动。这、这、这是感动的眼泪呢，谢谢你。"没想到麻美护士也热泪盈眶。两人相视，破涕而笑。

我才知道原来在自然人的身体里放进异物，身体是如此生气，如此地排斥、抵抗，这个时候体会到人是无法胜天的，必会被折腾啊。

偏偏天公不作美，我的血压急剧降低，收缩压只有82mmHg。医生发话说血压这么低，打点滴止痛药会有危险，结果停止打点滴止痛药。当人无法求助于药物时，剩下只能与自己战斗，忍受无边无际的疼痛。一个人躺在孤身一人的病房，旁边护士也无计可施，真的痛到快崩溃。

那天晚上，我一夜没有睡，一直处于颤抖状态，护士们很担心，一直换人守在旁边。她们好像比我还紧张。看到她们这么敬业，真的恨自己怎么睡不着。我甚至想：干脆再痛一些，痛到昏死过去，也比这样生生地疼痛好哇。

第二天早上，当太阳升起的时候，我的血压也逐渐恢复，终于可以打点滴止痛药了，那该死的疼痛神奇地消失了。那个时候我才知道药是多么重要。护士们都来夸奖我："よく、頑張った（你真努力呀）。"在药物作用和护士们的赞扬声中，我高兴自己在手术当天最困难的一夜没有给护士们添麻烦，可以说前一夜的我战胜了自己。

2.信不信由你，催眠师帅哥一席话就克服了术后大敌

凡是动过外科手术的人都有一个逃不了的通病，那就是"失眠"，明明全身疼痛，明明浑身疲乏，可是就是睡不着。所以，全世界所有医院都在外科手术后的病人配药里，或多或少给一定的安眠药，日本叫"入眠剂"。不过日本医生很谨慎，会交代可以不服这个药就不服哟。更人性化的是，如果你不要安眠药，可以调配一个心理咨询医生来帮助你。当然，这个是自费的，大多数病人因为嫌麻烦，会选择简单地吞药睡觉。我嘛，因为自称"写字的人"，对什么都抱有好奇心，当然就请心理咨询医生来施展他的才华，顺便体验一下世人称之为"白衣天使"的心理咨询医生。

世界上所有冠有神秘名称的职业，其实说穿了，是非常日常的。因为日常，所以任何人都能够接受；也因为日常，很容易就得人心嘛。

如约来了一位帅哥心理咨询医生，看样子三十几岁吧。他笑眯眯的，一点神秘感也没有，最初令我大为失望。我想象的心理

医生是戴一副厚重的眼镜，在一层一层的光圈里，只有他看得见你的眼睛，你看不见他的眼睛，而且一脸庄严肃穆，额头还写着"神秘"两个字吧。

这个帅哥，长了一排洁白整齐的牙齿。顺便一说，躺在病床上的病人，对来者的牙齿是非常敏感的，因为整天仰望着一成不变的天花板，突然一排牙齿在你面前晃来晃去，那是很耀眼的呀。这个医生，甚至没有学者的样子，像一个日本电视里经常出现的无忧无虑的小鲜肉帅哥。

坐在床边，他例行公事地问了一下我的姓名、出生年月日。就这个起初发问像个医生，其他简直就是在跟你聊天的小帅哥，先讲对你的第一印象："里子女士，你真的是'50后'吗？哎呀，看起来像'60后'啊。"一下子把我说成年轻10岁，这一句话妥妥地把女人的虚荣心调动起来了。

接下来，他假装看出我的职业，然后说："这么多年，你一定有很多不平凡的跨国故事吧？"于是一个一个巧妙地诱导我回答他看似不经意的问话，其实都是套路，然后我就傻傻地、滔滔不绝地说自己得意的经历。与其说他在咨询我，闹到最后发现还不如说是我在咨询他呢。

他临走时说："里子，万一你有睡不着的时候，完全不要慌张，回想一下你自己最幸福的时刻、最有成就的时刻、父亲母亲最美的时刻，你一定就会带着微笑入眠的。"

这位心理咨询医生没有一个字说教，也没有一句同情，甚至没有一句深不可测的心理术语。在平常的话语中，虽然你知道他在哄你，但是确确实实，心情就轻轻松松起来，心里一下子就涌现出一种幸福感和自信感。

咨询医生走后，我真的就像猪一样沉沉地睡着了。那以后，我偶尔也因为创伤处疼痛难以入睡，但是，只要我按照他说的回想那些幸福、温馨的时刻，每每都会微笑着入眠。

3.术后第二天，你绝对猜不到谁光临了

术后第二天，我还是因为那个"小屁事"不能喝水、不能吃饭，凄惨地瘫在床上。我就希望安静地躺着睡着，可是意料不到的人居然这个时候出现在病床旁边。哎呀，康复训练师光临了。他来观察，看我能不能马上接受训练。

他用手敲我的膝盖，触摸我的脚踝，他没有忘记鼓励我，夸奖我的脚踝很健康，说脚踝有7块跗骨加上足部的距骨和小腿的骨骼，一摸就知道很健康，证明我的第二心脏（脚踝）与我的第一心脏一样都很好，可以尽快考虑行走训练了。

即使乐观如我，能忍如我，也吓坏了。我依然感觉腰身处有一辆坦克压在上面，不用说走路，连爬起来都不可能啊。训练师说，今天是不可能了，我们明天再观察一下。他临走时抛给我一个诱饵："关键是，如果可以站起来走路，你就可以自己如厕了，加油啊。"

呵呵，这个诱饵太灵了，我多么希望能够结束尿管和"盆屎猫"似的生活啊。非常具体而光辉的目标，使我一下子跃跃欲试呢。我答应训练师，一定努力。

可是因为我的腰伤实在严重，连24小时监护单人房都不得不延长使用，加上我的肠胃一如既往地不争气，没有"动静"，所以不得不饿着肚子，忍着疼痛。一直到术后第三天我的肠胃才懒洋洋地"动静"起来，好不容易我才吃上饭。

第四天可以站立起来，让石膏模具师傅量体裁衣，做我的腰椎石膏模具。做法意外地非常原始：先用保鲜膜从胸部裹到腰，然后用浸过石膏的纱布重叠裹在保鲜膜上面，3分钟后，顺着事先放好的一根中心线切割开，师傅把这个模型拿走，回公司制作正式的皮革与聚氨酯组合起来的腰椎模具。

第二天一早，师傅送来我的腰椎模具，我穿上腰椎模具，坐上轮椅，到医院一楼的训练大厅，跟着那位训练师学习走路。第一个训练日走了165步，第二个训练日走了1122步，感觉到能够走路真厉害，自己一个人兴奋起来，把手机给麻美护士看，她乖乖地、假装惊叹说："哦，太了不起了，第二天，就1122步啊。"

最难忘的是，当我阔别24天，取下尿管，告别"盆屎猫"，自己到厕所如厕时，感到人间的幸福，原来是这么简单却来之不易啊。

五、感谢生命中的再造之恩

1.病床上再遇诗人雪莱，他教我什么了？

这个世界很大，可是我想只有两个很小的地方最适合读书。它们都没有超过两平方米，对，就是病床上和监狱里。我在病床

人间幸不幸

上的一个多月，拼命读书，以不枉来一趟这世界上最适合读书的地方。

其中重读我少年时代非常喜欢的雪莱的诗集，有很多与少年时代不一样的感想。

不满30岁的雪莱已经写了那么多的诗，而且是那么流芳百世的美诗杰作。作为"社会主义的急先锋"诗人，影响了几代革命家。雪莱的代表作《西风颂》（*Ode to the West Wind*）最后那句"如果冬天来了，春天还会远吗？"甚至成为他被恩格斯评价为"天才的预言家"的名句。

也许因为我在病床上，相对伤感些，所以我印象最深和引起共鸣的是雪莱的长诗《含羞草》。

《含羞草》用纤细的笔调，描写一个甜蜜的夏季里的花圃，一位神秘的女郎精心照料那些曝晒在阳光下、裸露在暴风雨里的花草，可是在一叶知秋之前，还没有等到秋天的黄金季节到来时，她悄然逝去。

读后莫名地流下眼泪，仿佛再一次刻骨铭心地感知生命。

那种花草一春，人生一世的感怀油然而生。一个生命，不管它是娇滴滴的花朵，还是纤弱无靠的小草，或者是卑微丑陋的害虫，它们的生命都同样尊贵，都同样值得珍惜怜爱。

非常理解雪莱疼爱、珍惜花草的心情。《含羞草》写于雪莱离世两年前的1820年，雪莱被肺结核病折磨已久，雪莱的挚友、诗人济慈比雪莱早一年于1821年死于结核病，雪莱的另一位挚友、诗人拜伦在雪莱死后两年的1824年也死于结核病（不过雪莱不是死于结核病，而是死于不测的海难）。雪莱私人生活上的不幸接踵而来，雪莱经历了三次失去亲生儿女的痛苦，雪莱与前妻的两个孩子在前妻自杀后，发生亲子归属诉讼。雪莱因为激进的政治和宗教观点，被法庭剥夺了对子女的监护权；雪莱与第二任妻子生下的两男一女中，一男一女不幸在童年期夭折。

撕心裂肺的生离死别，以及雪莱自身生命的危机感，使得雪莱对生命非常执着，使他可以听到常人听不到的花草中生灵的对话；可以看到常人看不到的一棵草里的古色苍然；可以嗅出常人嗅不出的花草的芬芳。雪莱借养花女郎的裸足，感受与花草同呼吸共患难的体感，借养花女郎的长发拖地，感知茵茵草皮滋润的愉悦；借养花女郎的纤纤素手爱抚花蕾和花冠，留下激情，带来愉悦知足，感怀大自然赋予生命的快感。

生命赋予我们只有一次，珍惜生命，就要珍惜维护大自然的所有生灵。

当我一个多月后出院时，在医院的庭院中第一次踏上泥土，看到第一朵不知名的野花，竟然那样感动，感到一种亲切和温馨，仿佛它在向我点头微笑，仿佛它在祝福我踏上新的旅途。

在进入我久违的家时，公寓大院子的铁门

宋达　摄

那么沧桑，而爬在沧桑的铁门上的青藤和小花蕾，顿时让我把它们与病床上读到的《含羞草》的意象联想到一起。那古色苍然的铁门、娇嫩的花叶呈现着静谧、庄严的岁月与鲜嫩的新芽交织在一起的幸福感，不正是对我们不屈不挠的生命的写照吗？

2.在日本遭遇车祸后，三秒刷三观

有人把车祸归结于"人祸"，但是，即使我命悬2毫米，我也愿意把那次车祸看成是天灾，而不是人祸。最重要的根据是，那场车祸后，对方比我还痛苦，从出事的那一刻，我除了脑袋和发声，几乎处于身体机能瘫痪的状况，所有报警、叫救护车等事，都是对方义无反顾地进行。医生和护士全力以赴，让我在生死线上，不仅在肉体上获得奇迹般的重生，而且在精神上也获得重生。

甚至，车祸赔偿、出院庆贺等，对方都不声不响弄得妥妥的。当我出院那天，到出院结账窗口时，被亲切地告知可以就这样回家了，对方已经与他们对接好了。我真的很吃惊。虽然索赔在预料之中，但是，不要我跑手续，不要我提示，更不要我忧心忡忡，全部在第一时间到位，还真的没有想到。更吃惊的是，我阔别一个多月回到家时，一封郑重的谢罪信已经在信箱里等着我。对方表示，不论出现什么新的情况，一定要负责到底；为我制作了一个联系卡片，上面印刷着他的各种联系电话，甚至公司的办公电话。

在这里，人与人之间没有想不到的恶意，只有诚心诚意的善

意，这样的社会让我很感动。这次车祸，我没有感到不幸，因为在遇到这场车祸后，我从中遇到了人间之善和美，在这个善与美的面前，我决定了我下半生的努力方向和移居地。

我终于下决心从公司第一线退到幕后，然后把主要精力用在写作上。不久前，户口也从学习工作了30年的东京移到那天救护车把我送到的第一家医院的所在地古城桑名，在此定居。

人们常说：大祸不死，必有后福，还真的是。车祸后四年，我突然接到香港《文汇报》副刊的邀请，陆续在这家和其他报纸、杂志上发表了不少散文随笔。2016年通过一本书——作家熊育群的《己卯年雨雪》与花城出版社结缘，2017年1月幸运地由花城出版社出版了我的纪实文学《三代东瀛物语》，2019年1月花城出版社出版了我的另一部纪实文学《他和我的东瀛物语——一个日本侵华老兵遗孀的回忆录》。感谢花城出版社的知遇之恩。

活到现在，我觉得人的一生存在很多变数，但是变来变去，也离不开"三"这个数，即人生有三季度，一是读书长知识，花蕾的季度；二是工作，为社会、为自己积累财富，开花的季度；三是做有意义之事，结果实的季度。很少有人从出生到临终都在一个老地方，大多需要在三个城市生活，出生和求学是我们生命中第一个城市；工作的地方是我们生命中的第二个城市；退休以后尽情地做自己真正想做的事的地方，是我们生命中的第三个城市。

我的花蕾季度之城，是中国美丽的鼓浪屿；开花季度之城是世界最拥挤、最繁忙的日本东京；果实季度之城是依山傍水、幽静的日本古城桑名。

　　我一直瞒着国内的父母和兄弟姐妹车祸的事，康复后也一直瞒着他们，与兄弟姐妹轮流看护父亲，在父亲百年生涯的最后四年里与父亲相濡以沫度过了406天，弥补了我远走东瀛与父母离别30年的空白。2017年7月1日送走了100岁的父亲，我觉得可以说出来了，与大家分享我的心路历程，分享人间的善与美。

　　但愿人长久，千里共婵娟。

这场悲情，没有谁对谁错

昨晚与笔会的弓先生在新宿喝酒，突然想起这寿司店是十年前"那个他"带我来的，并成为我们六年的"秘密基地"。无论是无意还是有意，抑或潜意识使然，既然从日本中部来到东京，来到这家寿司店，不管是十年一会还是一期一会，都是缘分，况且心仪的寿司店风景依然，何不履行十年碰杯之约？

征得弓编的同意后，即兴打电话给十年前离别的他。嗯，号码还是那个号码，他还是那个他。

我，真的老了，居然可以平淡从容地回望那一程两个人的风景。

2002年我丈夫突发心脏病离开人间，有一段时日我陷于生命阴阳两隔的悲伤中。2004年新年长假，我一个人去巴黎，怀揣着我丈夫的照片，到他生前与我相约而没有成行的圣米歇尔山。我爬到最顶层的礼拜堂，为丈夫祈祷冥福，据说那是离天堂最近的中世纪建筑。

庄严、冷艳、神秘的圣米歇尔山耸立在碧绿的海中央，千古岩石与万顷波涛使这座海中山升腾着清愁冷彻的空气，加上那海天相接的全景，把人的相思捻得悠长，有一种通往天堂与无形的灵魂对话的氛围。我掏出丈夫的照片，在心中与天堂的丈夫对话，竟热泪盈眶。惹来旁边两位老外用手势赞许我，貌似在那里，语言已经是无用之物了。

为了纪念这个体验，我下山时买了几个圣米歇尔山小模型的小手信。

结束法国一个人的"灵魂对话"之旅，回到东京后，我带着圣米歇尔山小模型小手信，到曾经常和丈夫一起用餐的日本铁板烧牛排屋，去法国前就约好了那儿的四位常客这天带法国的小手信给他们。

丈夫走后一年，我经常下班后，从公司直接去这家铁板烧用晚餐。这四位常客连同我三男两女都是独身，大家碰到一起，不说工作，说人生，论政治，把一天的劳累融化在一扎啤酒、一盘牛排定食或者一块煎饼里。

那是一家40平方米的夫妻小店，却拥有一个两米长、银光闪闪的大铁板，周边用一排红砖砌着精巧的围炉式的铁板烧吧台，朴素、温馨，还莫名地很有家庭氛围。

在日本的小餐馆，有一个不成文的规矩，就是一个人来的客人坐吧台，二人以上客人坐桌席。所以，我们五个独身"贵族"

经常不约而同地坐在这个铁板烧吧台前，一边欣赏着店主在眼前秀烧牛排的精彩手艺，一边品味不生不熟的鲜嫩牛排。当然也不是每天吃牛排，其实更多的是吃煎饼或者铁板烧海鲜，诸如扇贝、墨鱼、虾等，因为这个店老板特别关照我们这些单身者，所以海鲜可以最小分量下单，还美其名曰"走后门菜单"。这个非常通融的营销方法把我们这五个单身者吸引住了。当然，喝酒的人其实不怎么吃饭，我们五个更是被"绑"在这个铁板烧吧台了，这样不知不觉，五人成了一组铁板烧的死党。

这天巧逢周五，吃完晚餐，意犹未尽，我们五个人一起挪到对面的卡拉OK包厢。不过，夜已深，我没有唱歌，喝了两杯啤酒，就已经到了我给自己定的"门限"零点，于是一个人先回家了。

泡澡后，看了一下新闻，已经凌晨1点，正要休息，突然手机响起来。我很少接到这种不合时宜的电话，一看号码，是一个陌生号，我犹豫要不要接，突然想也许是什么人有紧急事情，就小心地接通了手机。

出乎意料，打来的是刚才一起卡拉OK的松冈先生（化名）。他说，明天有空的话，去迪士尼海洋乐园吧。我不假思索地答应，因为我理所当然地认为是那晚卡拉OK的延续。

第二天11点，我如约到他指定的我家旁边的神田川桥上等候，不见他们，只见一辆银色的宝马车停靠在桥的栏杆旁。我正东张西望，说时迟那时快，驾驶座的窗玻璃缓缓而下，松冈先生从驾驶座上向我招手，我问："他们呢？"

松冈先生露出他那一贯的微笑，反问我："不可以只有我们两个人吗？"

从那一瞬间，就像很多俗套的故事一样，我们开始脱离死党单独吃饭了。其实不像很多人想的那样，开宝马的就没认真的；坐在宝马里的，也不见得都是哭的；坐在自行车后面的女子，也不见得都是笑的。

松冈先生是一个人见人爱的年轻人，比我小12岁，但个子高大，是日本人中不多见的183厘米。曾经以日本大学的高尔夫留学生身份去美国留学。据弓先生说外表看起来我们是同龄人，他酷似电视台周一至周五早晨新闻综合节目的主持人加藤浩次。

我们住在同一个街区。他以前叫我丈夫"先生"，叫我"奥样"（日语"太太"的意思）。他家在我们那个街区，是小有名气的有钱人，他是长子，他的父母是出租一栋楼房的地主。东京的地皮昂贵，是世界上数一数二的，所以单靠祖业为生，他们是可以过得悠闲宽裕的。但是，松冈先生属于那种把富日子当穷日子过的人，不染发，不穿皮鞋，不买名牌，自己经营一个小公司，勤勤恳恳地工作。

虽然他比我小12岁，却十分体贴人，对社会的见解也很犀利，经常指出我工作上的问题。在客户的信用问题上，他经常替我找关系调查，一直是我的工作活指南。几年如一日，周一至周五，每天早晨都用电话叫醒我，每天晚上都短信问一天安否，不像个小弟弟，倒像个大哥哥。

我们是属于那种淡泊型中年交往，我不去他家，他也不来我家。几乎每个周末一起到温泉小旅行，低调来往，差不多走遍从箱根到北海道的日本"名汤"（古老温泉）。我们都是经济上独立，社会上也独立的人，当然来往都是AA制。可以说，在一个成熟的社会，这样的来往是一种很自由，而且没有压力的来往。

这一天，我们喝酒时都喝高了点，我随口问他："我有三个不好的条件：一是大他一轮；二是未亡人（日语"遗孀"的意思）；三是没有天生丽质。如果选一个最忌讳的，会是什么？"

他不假思索的回答令我十分震惊，可以说，是我做梦也想不到的答案。

他说："三个都是优点，但是，我母亲很在意你是一个从中国来的人。"

我一边按捺住我的惊讶，一边强装笑脸、假装幽默地说："那我们活像21世纪东京的罗密欧与朱丽叶啦。"

那晚，我回家，真是难过了一夜。认识到这是他们家的价值观，我想起我到日本的第一天，我的日本表哥（母亲姐姐的孩子）也是对我这个中国来的亲戚很为难。

他们都是好人，但是他们各有自己的难言之处：表哥是跟太太结婚时说好了，不与外国亲戚来往；而今天又无意中知道了松冈先生的母亲不愿意与中国人有什么关系，他们都无法接受我的身份，这是一个隐藏在所有海外华人背后的辛酸，也是我面临的第二次痛。当然也是我们这一代移民不想面对也得面对的问题。

我们已经交往了六年，因为这个不该有的"民意测验"，我突然感觉，原来，他与我交往是顶着很大的压力啊。他承受着他母亲的价值观，长期以来跨越他母亲的成见，选择与我交往，这样的人反而更值得珍惜。

因为珍惜，我不能再与他保持恋人关系，他还年轻，必须有自己的家庭和孩子。虽然那以后他没有再提到他的母亲，但是偶尔在街区遇到他母亲时，我能够感觉到他母亲的慌张和善意的躲闪。

经过一个痛苦的过程，最后我决心离开他。那时候，我已经不年轻了，居然已过了知天命之年，宛如要给自己知天命之年增添一抹悲壮，满腔矫情，又夹杂着所谓崇高的自尊心和牺牲精神——这一切跟离愁惜别融合成一体了。

我决定干净、彻底，不给自己留下尾巴。我们住在同一个区域，抬头不见低头见，我一横下心，就把公寓卖掉搬出了那个街区，重新在新宿落户了。后来因为一场车祸，我又从新宿搬到了日本中部，离开东京，这是后话了。

记得搬到新宿的第二天，我在去横滨一家客户的电车上，用手机通知他。他的回信，如果翻译成中文，只三个字。但是，那三个字令我泪流满面，全然不顾电车上众目睽睽。

那三个字是："我等你。"

与他一起分享过的喜、忧、苦、乐，都是那样难以忘怀，至今浸润着心田。但愿来世，我们能够在一个原始小部落再相会，那里人人平等，没有国界，没有民族，没有身份，同样都是地球村里的地球人。

十年过去了，碰见还是那么亲切，互相没有怨，也没有恨，

这场悲情，没有谁对谁错

有的只是互相祝福，这就是人间爱吧！

十年前别离的他，手机号码还是那个号码，他，还是那个他，居然，他也还是独身"贵族"。

残疾小狗梦梦君

养过小狗的人一定都有这样的体验，不是我们带小狗散步，而是小狗带着我们散步。虽然小狗的牵引绳是握在我们的手里，但是不知道什么因缘，通过小狗的世界，我们可以与很多意外的发现不期而遇。

我与邻居合养小狗嘉嘉，这样出差时就不必担心狗狗寂寞了。

这天我与嘉嘉出去散步，因为天气晴朗，不知不觉比平常多绕了一圈路。走着走着，嘉嘉突然兴奋地前腿往上一蹬，后腿站立，两耳竖起，脑袋往对面的一家店铺晃动，我顺着嘉嘉的眼光向对面望去，原来是一家宠物店。两面落地窗中间的门上喜气洋洋地画着两根交叉的大骨头，骨头上歪歪斜斜地摆着幼童手迹"梦梦"两个汉字。哈哈，嘉嘉这小精灵居然隔着一条街，嗅出了宠物店来。为了不让嘉嘉失望，我带着它穿过大街来到"梦梦"店门前。

隔着落地窗，我突然看到"梦梦"的展示厅里，有一只卷毛比熊犬，穿着与门上图案一样的"梦梦"标志的羽绒小背心。与其他被圈在玻璃柜的商品小狗不一样，它没有被隔起，而是自由地、径自悠闲地在店内蹒跚踱步。它那蹒跚的腿让我惊诧得下意识地扶了一下眼镜，它的后腿被架在一个硕大的橡胶双轮上。

这只残疾小狗身上散发着对人的无比信赖，看见我注意到它，虽然隔着大门，却灵巧地对我摇着尾巴和微微偏着头，嘴巴略张开，这显然是在对着我微笑呀。

它的眼睛不是那种乞讨怜悯、左顾右盼滴溜溜地转，而是坚定地、毫不开小差地一眨不眨地盯着你，这种表情是任何一个人都会被打动的。不要说我，就是嘉嘉也动心起来，嘉嘉又蹬起它的前腿，后脚站立起来，一边迫不及待地与那只狗狗打招呼，尾巴有节奏地摇着（这是小狗狗们独特的沟通方式），一边催着我进去。都说"狗爱人，猫爱屋"，可我看嘉嘉是更爱它的同类伙伴。

与所有日本的宠物店一样，靠着街道的落地窗里，圈着刚刚离开母亲的各种小狗，一个个睁大滴溜溜的眼睛，在召唤领取自己的买主，只有这只残疾小狗一副泰然自若的神情。说起来也很神，嘉嘉聪明地分辨出这些小狗狗的立场，只认这残疾小狗，对着它像狗刨式游泳那样拼命上下挥动着前腿。

我也想认识一下这只残疾小狗，就牵着嘉嘉进入"梦梦"店。

大门一开，残疾小狗竟一改蹒跚的步履，用出乎意料的速度跑到我们的身旁，它那欢快的奔跑，它那两只前腿的跃动与后轮的飞转，使人觉得它那四条腿虽然不平衡却异样地充满活力，同时感觉有一种情感指挥着它的官能，使它的肢体意气风发，有一种说不出的高昂的精神，更有一种为报答对自己的关注而给予殷切的真诚。这种对生命的执着，令人不忍心看，又令人不能不看。

残疾小狗的脖子上系着一个不大不小的铜铃铛，当它朝大门跑来的时候，铃铛发出悦耳的铃声。店主听到铃声，从里面走出来，与我们打招呼，玻璃柜里的小狗狗们听到铃声也忽地全部头转向大门，摇摆着它们乖巧的尾巴。整个宠物店竟然像在残疾小狗的指挥下，一下子跃动起来。

原来，这只残疾小狗是在执行它的责任，把顾客的到来通报给自己的主人，同时唤起等待买主的小狗狗们提起精神"笼络"顾客。

嘉嘉围着残疾小狗团团转，我问店主："可爱的小狗叫什么名字？"

店主说："它名叫'Mon Mon'，汉字为'梦梦'。"

我会意地说："哦，那么，这个宠物店是以它的名字命名的啦？梦梦是招牌狗啊。"

店主说："是的，'梦梦'本来是我养的，因为非常聪明，在它不到一岁时，参加一个小狗狗智力比赛，得了第一名，就被一个马戏团聘请了去，在马戏团成为一个主角。可是，在一次练习新节目时，它发生事故，断了后腿，从此退出舞台。"

我摸着梦梦的后背说："哦，那梦梦当时一定很失落啊？"

店主说："是的，梦梦从主角一下子成了残疾狗狗，最初不吃不喝，患了抑郁症，似乎有一点像要绝食自杀的样子。"

我听了不无感慨地说："都说狗有灵性，真是这样啊。梦梦一定非常难过于自己不能为马戏团服务了？"

店主接着说："嗯，最初我还没有体会到梦梦的心情，以为它的抑郁症是因为不能和以前一样走路、跑步而引起的，找到小狗接骨院给梦梦安了这个后轮。可是，梦梦还是闷闷不乐。

"后来因为梦梦可以自由地散步，食欲渐渐好转，但是梦梦的身体却一天一天瘦下去。我焦急起来，开始收集关于狗的手记、科普、经验谈、纪录片、电影、随笔、散文等，想解开梦梦郁郁寡欢的谜团。一天，我看到法国一个叫布丰的作家的散文《狗》，里面写到狗有一种内在的品质：'以得人欢心为目的；把它的勇气，把它的精力，把它的才能都呈现于人……'"

我赞同地说："哦，说得太好了，那是说狗也和人一样需要活得有意义了？"

店主说："是啊，我苦苦琢磨着如何使梦梦重新活得有意

义。一天在与梦梦散步时，进入一家宠物店，突然梦梦像换了个魂一样，生气勃勃，帮着迎接顾客。"

店主一边说，一边引导梦梦做了几个马戏团花样动作，握手啦，鞠躬啦，继续说："梦梦的行为启发了我，我开始筹划为梦梦开家小小的宠物店。一年前梦梦店开张后，由于梦梦的努力，吸引了很多顾客。现在我的宠物店越来越红火，梦梦也越来越有生气，成了我们宠物店的招牌狗。连我这个退休的人都受到鼓舞，也把这个梦梦宠物店当成我人生的第二个职场，经常忘记自己的年龄，好像生命更有意义了。"

那以后我经常带嘉嘉去见它的小伙伴梦梦。久而久之，只要我和嘉嘉出现在对面大路上，梦梦就会跑到路边来迎接我们。

昨天梦梦店的店主把他们隔壁的店铺也买下了，扩大了一倍。我不无感慨地想：梦梦在马戏团失去了后腿，但它的生命并没有因此而浪费。梦梦君不辜负它的名字啊，看来世间的所有生命都不是用来浪费的，生命是用来创造的。

2019年12月31日

残疾小狗梦梦君

和洋洋君的邂逅与别离

多年前，我养了一只小狗，是英国血统的约克夏犬，体长只有23厘米。我给它取了一个中文日文都朗朗上口的名字，中文名叫洋洋，日文名叫Yo Yo。

洋洋君给我带来很多欢乐和烦恼，并意外地给我带来了一个大家族。

1:相遇

和洋洋君相遇，是一个偶然，但似乎更是一个必然吧！

那一天，我去原宿拜访我们公司客户，早了30分钟，为了消磨这30分钟，我步入附近一家卖小狗的店。那个店主，大概以职业敏感度看出当时的我是单身，异常殷勤地走过来，指着店内大玻璃橱窗说："您是第一次到宠物店吧？您看，这小家伙朝着您微笑呢，看到了吧？"

我把眼睛转向身边的大玻璃柜，里面一只毛茸茸的约克夏犬，真的朝我微笑，而且随着我的动作转动它的眼睛。我惊奇地看了它一分钟，它晶莹的双眼居然含泪欲滴，似乎在说："不要丢下我！把我带回去！"

我激动得手足无措，慌慌张张地说一声"对不起，我没时间了"，就逃跑似的一转身走出店。

那天晚上，那小家伙动人的眼睛一直浮现在我的眼前，使我久久不能成眠。周六，一股无名的吸引力把我不知不觉地又带到那家宠物店。

一进去，洋洋君就用前双脚跟跟跄跄地（它才两个月呢）趴在玻璃窗上，前双脚不断地上下抓，拼命地招呼着我。那个店主神不知鬼不觉地站在我与玻璃柜旁，神秘地说："我就知道您会来的，它在等您呀，来，抱抱它！"

于是，它就在我的手心，心满意足地晃着它那毛茸茸的小脑袋，那神情好像认定了我会领养它似的，这种心灵的碰撞实在使我不忍心把它放回玻璃柜里了。当时我就把它领回家。

这，是我今生第一次获得一个属于我的小生命。

2.相处

那个周末连着两天，我忙着看如何养小狗的书，不亚于一个准妈妈的热心与兴奋，一个一个地去领会和实践。

星期一，我首次带洋洋君去公司，把它放在我办公桌后的窗台上，洋洋君也真奇怪，似乎懂得我必须工作才能养活它，四五个小时都静静地趴在它的睡垫上。

但我一出门，它就惊慌失措，非要跟着我不可。我每天必须去用户处洽谈业务，听说我出去的三四个钟头里，它一直在门内冲冲撞撞，很不安；而等我一回来，它一点怨气也没有，一个劲地摇着尾巴，满心欢喜，又乖巧地趴在窗台上。

看它这么依赖我，我也尽可能地带着它，下班带它去涩谷可携带小狗的专门咖啡厅，周末去公园参加小狗定期集会，假日带它去镰仓，年底我们公司去温泉旅行，还订了欢迎携带小狗的温泉别墅，大家一起陪着洋洋君度过难忘的旅行。

3.离别

但是，我的工作经常要陪客户去中国开订货会、验货等，我也曾尝试带洋洋君去，但是碰到两个大难关：一是小狗不可以与主人一起坐在飞机座位上，必须放在宠物箱里，与行李一起托运，想着洋洋君将在黑暗的机舱里，与别的大小行李箱碰碰撞撞三个半小时，我就心慌了；二是国内大多数酒店，小狗还不可以与主人同住，要被圈在外头。我只好断了念头，把它寄养在家附近的小狗小猫旅馆，那真比幼儿园还贵，除住宿费外，还要加算一天两次陪同散步的人工费用，这真是大大压扁我的钱包。

更出人意料的是，住宠物旅馆的经历给洋洋君带来了异变！

本来毛茸茸、人见人爱的小洋洋开始不长毛了，进而发生脱毛现象。我把它抱去动物医院体检（小狗可没有医疗保险，贵得不得了），给洋洋君看病时，医生很严肃又夸张地教育了我一顿，说由于我的"随心所欲，不顾小狗，只顾自己，使洋洋君患了严重的心理疾病，病名叫'紧张应激'"。

医生很权威地让我马上定出一个方案，改变这种不规则、不安定、不负责任的小狗生活，否则洋洋君就永远长不出毛了。

约克夏犬的特点就是毛长，长不出毛就会引起其他病变！吓得我抱着它跑去与动物旅馆的负责人商量，因为除我以外，她接触洋洋君最多。

不等我开口，似乎女老板就知道了原因，她告诉我，附近有一个名叫神崎惠子的家庭主妇也养着一只约克夏犬，名叫可可姬，因为她酷爱可可·香奈儿名牌，所以把爱犬起名为可可。洋洋君每次寄宿时，神崎太太每天带可可姬来看洋洋君，非常疼爱洋洋君。

我的洋洋君是具有国际权威的Kennel Club国际公认血统证明书的约克夏犬，有十五代家谱的记录，所以宠物旅馆女老板说我也有责任保护这个"世家"。当然，最重要的是神崎太太有天生的爱心和她后天当太太的悠闲命，所以宠物旅馆女老板建议我把洋洋君寄养在神崎太太家，她说："这样洋洋小王子与可可小公主就可以天天在一起玩呀，对洋洋小王子来说是最幸福的啦！"

我陷入迷惘，一个人烦恼再三，犹豫不决，既心疼洋洋君，又怕麻烦神崎太太一家。可是时间不等人，马上我又得出差了，是让洋洋君去神崎家，还是投宿宠物旅馆？这时，宠物店女老板来了电话，说神崎太太希望让洋洋君试住她家几天看看，看看能否适应再决定。这真是日本人与人为善之策，她们特意为我铺了一个阶梯，让我可以上也可以下。

就这样，我在那次出差前把洋洋君寄养在神崎太太家。一个月后，当我出差回来时洋洋君已经习惯了神崎太太家的生活，身上长满了铁蓝色和黄褐色的金光闪闪的长毛。洋洋君与可可姬成了形影不离的一对，在我们那条商店街成了大名鼎鼎的"偶像"。

神崎太太居然舍不得洋洋君离开她了。宠物店女老板向我建议，为了洋洋君的健康与幸福，干脆来一个位置倒换，平时洋洋君在神崎太太家，我周末再去看它。

我思前想后，觉得洋洋君不可能理解我们人类这样复杂的事情，为了洋洋君的幸福，就这样吧。

那以后，我周末和休假去看望洋洋君和可可姬。每当我走进神崎太太家时，洋洋君总是第一个奔出来迎接我；当我坐在神崎太太家的沙发上时，洋洋君到我身旁，趴在我的脚边，一直陪伴着我。据说狗对第一个主人是终生不会忘记的，我也感觉一直没有离开它。

这些年里，洋洋君与可可姬一共生了18个孩子，它们分别被领养在18个日本家庭。

听说神崎太太还从洋洋君身上获得一些意外的礼物，每只小狗得到12万日元的礼金。这是后话了。

每年洋洋君生日，神崎太太还举办洋洋和可可的大家庭聚会。再过不久就是洋洋的生日，我将参加它的生日晚会，现正为

洋洋君的大家庭聚会，前排左一为神崎太太

它及它的孩子们准备生日礼物，忙得不亦乐乎。

　　我感谢洋洋君教给我被需要的幸福与被需要的责任。现在虽然洋洋君不在我身边，但它永远在我的心中。顺便说一句，洋洋君与可可姬的孩子们都延续使用中国式的名字，它们分别叫：佳佳、欢欢、露露、奈奈……确实很可爱哟。

2018年2月1日

漂亮的女朋友

我与洋子社长初次见面是在1996年，那时我刚刚在东京成立自己的服装公司。当时日本的经济泡沫已破灭，高调和烧钱现象已成为昨天的事情，接着一场价格革命蜂拥而起。在我们服装界，最具有代表性的挑起价格战争的是日本U公司（化名），它在那时已开始崭露头角。

我记得第一次见到洋子社长，是在1996年9月9日。我乘坐从新宿到原宿的地铁，只有两站。当跨进车厢时，我突然发现整个车厢全部的广告栏都挂着著名服装品牌U公司的摇粒绒女夹克广告，一共24种颜色，虽然在设计上没有什么特别新颖的手法，但是赫然标着一律2980日元，还打了一个红色炸裂感叹号。

我当时觉得脑袋好像挨了当头一棒一样，因为我那天恰恰就准备了摇粒绒面料去与洋子社长洽谈，2980日元一件的单价，我

人间幸不幸

们公司是无论如何无法实现的。我心里暗暗想："今天干脆不谈摇粒绒面料的冬装，主要侧重自我介绍，改天拿有比较优势的面料再来谈吧。"

我一进洋子社长的公司，正面是一个半圆形的服装展示厅，像一面巨大的扇子，奇妙地将展示空间开阔地展现在来客的眼前。与其他服装公司的展示厅不一样，这里居然没有一个衣架，所有服饰全部都是穿在人形模特儿身上。每个人形模特儿身边都立着一个小柜，小柜上放着这个模特儿穿的各件衣服、帽子、手套的其他颜色同款。

半圆形服装厅的正中央放着一组椭圆形桌椅，是一个开放的洽谈空间。洽谈空间的墙上有一排立体拉丁字母写着"Belle Amie"，并且左右还有两个舞台照明灯照射着这排字母，放着柔和的光线，既引人注目又恰到好处。我在东京学服装时，选修了两年法语，心领神会地明白"Belle Amie"是法语"漂亮的女朋友"的意思。我想这些模特儿身上穿的衣服，就是为了体现这家公司的服装设计主题"漂亮的女朋友"吧。

我一边欣赏这个别致的展示厅，一边高兴地想："如果可以与东京这样有实力的服装公司合作，我的公司起步就可望又可即了。只可惜，摇粒绒面料让U公司抢先一步，今天是不可能拿到订单了。不过，有了这么有实力的客户，反而也不必急，慢慢做业务更细水长流。"

正在我思前想后时，公司的女职员来带我到那组椭圆形桌子旁坐下。我和不少服装公司打过交道，那些社长总是装得很忙，故意让来客等一会儿，等客人喝完半杯咖啡后，才显得急急忙忙地出来洽谈。洋子社长不像那些装得很忙的社长，没有让我等，马上像一阵风一样款款而来。

洋子社长染着当时东京流行的浅栗色头发，烫得柔顺笔直，留着那种前额压眉、整整齐齐的刘海，加上短发，就是典型的日本娃娃头发型。

浓密的刘海下，一双咄咄逼人的眼睛骄傲地直视我怯怯的眼睛。在日本女人中称得上高的160厘米身上穿着一件葡萄紫颜色的缎面弹力棉衬衫，这在9月的东京似乎是薄了一些，可是她袖子还卷起了一折，袖口套俏皮地往上翘起，显得颇有精神。她穿一条下摆呈花苞状的雪纺面料黑底砖红色抽象画花纹的裙子，随着她的步履轻轻地摇曳，配着线条简洁的衬衫，横扫了46岁的任何痕迹，甚至堪称苗条妩媚。

我不由得内心赞叹：啊，原来"动"和"静"可以是这样子演绎出来的。这个她不经意的服装造型，马上赢得我的佩服。我知道世界上线条简洁的美装是最难的，这不仅需要独到的审美观，还要有得天独厚的身材。眼前这位日本女社长的简洁得体又不失华丽雍容的打扮，令我一见倾倒。

我们互递名片。洋子社长一看我的名片，就赞赏地说："你的公司名字'Li Apparel Co., Ltd.'很好，让人一看马上知道你是从中国来的，彰显你的来历和优势。不像别的中国人那么遮遮掩掩，起一个名字好像是土生土长的东京人一般。"

我高兴地回答洋子社长说："我在东京要与您比，当然是比不来的。我想只有突出自己的强项，拿中国的面料，设计日本人喜爱的服装，才能挤进东京的业界。"

接着，我也顺着洋子社长的话题说："我很喜欢您公司这个'漂亮的女朋友'的名字。刚才，我一进展示厅，看到洋子社长公司的理念是'Belle Amie'，就是要让穿上您公司时装的女孩子们都成为'漂亮的女朋友'啊，我非常欣赏！"

洋子社长突然用一个西方人的动作，竟然一把拥抱了我一下，并用我不懂的法语说："哦，我终于找到一位知音。"

我没有听懂洋子社长的那句法语，她又马上用日语解释了一下，我只好笑笑说："唉，其实我就碰巧只会法语这个'Belle Amie'，这是在东京文化服装学院学第二外语时记住的。"

洋子社长笑盈盈地说："哎呀，这就是你的才能哟！和我一起在法国留学的日本人中间，就有人从来不说一句法语呢。我太高兴了，你懂得我的这句法语的意思。"

然后洋子社长说起她在法国留学的事情，因为我们都有留学的经历，所以越说越投机。说了一阵题外话之后，洋子社长转入正题，问我说："刚才你说你的强项是中国面料，那么你今天一定带了中国的面料过来吧。"

我只得如实说："我今天是带来一些中国的冬季面料。只是不瞒洋子社长，我本来是想推荐摇粒绒面料给贵社，但我刚才在电车里看到U公司的摇粒绒女夹克广告，一件才2980日元，这与我们公司的摇粒绒款式报价相差甚远。这么便宜的单价，我们是有困难的。"

洋子社长反而笑了说："哦，一来就要打退堂鼓了吗？我倒很喜欢你这样坦率的性格。我今天早晨看到《东京纤维新闻》的报道，也知道了U公司的惊人价格，不过我们可以用另外的一个思维方式来思考问题。既然U公司打出摇粒绒面料，东京的消费者就对摇粒绒的服装有了一个认识，只要在设计上能够竞争过U公司，即使价格比U公司贵，我们公司也可以接受。我们反而是借了U公司的宣传。"

我恍然大悟，高兴地掏出我带来的各种摇粒绒面料和设计图。

那天我在洋子社长的指点下，修改了好几个款式，最后竟然领到一个系列的摇粒绒女装的试制任务。经过反复的修改，终于拿到一个集装箱的摇粒绒女装的订单。可以说，这第一个集装箱的订单是我们公司的起跑线，它包含着洋子社长的智慧和爱心。

洋子社长还经常带我参加她的业界圈子的派对，以及东京流行时装协会举办的世界时装发布会。洋子社长好几次在百忙之中，与我一起去我们中国上海郊外的工厂指导业务。她以多年丰富的服装业务经验，对我们工厂的服装流水作业布局和人员排列提出过宝贵的意见，使我们的效率大大提高。可以说洋子社长是我们公司的贵人。

我与洋子社长最后一次洽谈是在三年前的秋天。那天上午10点半，我来到洋子社长的椭圆形洽谈桌前坐下，可是一贯不让人等待的洋子社长却迟迟没有出现，一杯咖啡已经见底了，她还没现身。我隐隐约约有一种不安的预感，但为什么不安，却也说不出来。这次洋子社长竟然让我等了一个小时，才匆匆来到我眼前，小声地说："对不起让你久等了，我们一起去用午餐，怎么样？"

我越发感觉蹊跷，于是就把随身带来洽谈用的装有样品和面料的小行李袋放在椭圆形桌子下，起身准备出去吃饭，洋子社长却说："你不妨把东西一起带着吧，我们在饭店谈谈。"

我倍感不寻常，一般吃饭的时候谈这种事可不太方便呀。

洋子社长带我到她公司附近的一家咖啡餐厅。刚刚入座，洋子社长就用简短的语言开门见山地说："今天我们的洽谈暂停吧。"

我听了一惊，心想："莫非洋子社长不想再与我做生意了？"

洋子社长似乎注意到我吃惊的表情，用低沉但清晰的语调说："我跟你透露一点我们公司的实情。现在我们公司遇到一个大麻烦，我们的一家主要客户的货款支票没有如期兑现付款，这大大影响到我们的资金周转。现在看来，那家客户很有可能会破产，如果他们破产的话，说不定会拖累到我们公司也连锁破产。"

我听到这个消息大吃一惊，我知道自从U公司打响价格竞争之后，日本服装界的公司破产了一大片，只是没想到这股破产风居然刮到了洋子社长这里。我想出一句既安慰洋子社长，也安慰自己的话，说："不管遇到什么困难，洋子社长您肯定是不会破产的。"

洋子社长无奈地摇摇头说："现在这个时代，什么事情都有可能发生，我也未必就能幸免。虽说我还想再做最后的一搏，但这次凶多吉少啊。今天请你来这儿说这些话，是不想让我公司的员工听到，你也知道这种风吹起来，只会越吹越危险。所以也请你替我保密。"

我在这突如其来的变故中，头脑一片空白，也不知道应该说什么，只是机械地点点头。洋子社长用关怀的眼光望着我，低声说："我今天是有意不让你接这个订单，因为万一我破产的话，我就无法支付这个订单的欠款，那你就要和我一起蒙受重大损失了。"

洋子社长这句话不假，因为我曾经遇到两家客户破产，他们都没有支付欠我们公司的钱，让我蒙受了重大损失。洋子社长最后用鼓励的语气说："你也不容易，一个女人在东京这样努力，没有必要与我捆在一起冒险，今后你不要再和我们公司做生意了。至于我对你们公司至今为止的应付货款，我会尽量设法付完。如果我能熬过难关重新站起来，我会再和你做生意；万一我不幸破产了，我希望看到你和你的公司继续成长发展。"

洋子社长甚至没有把午饭吃完，就先付账走了。洋子社长临走时说："世事无常，不要难过，多保重！"没想到，这竟成了我作为他们公司合作伙伴听她说的最后一句话。

我深深地感激洋子社长对我的特别关照，因为本来这次我们准备做一笔大订单。对洋子社长来说，这笔大订单如果销售情况好的话，就可以挽回破产的厄运；但如果销售情况不好的话，不仅洋子社长要破产，我们公司也会被牵连进去，甚至也会跟着一起破产。这是一次大赌博，是一场凶多吉少的冒险，洋子社长把危险留给自己，把安全留给我，怎能让我不感激她呢？

另外我也知道在日本服装界，洋子社长这样的损己利人的行为真是太"傻"了，因为日本服装界的付款，都是货到后领取三个月后兑现的支票，她如果下单，还能够用我们公司这批服装在市场上卖出一些可观的钱。即使她真的破产了，也没有违反法律程序，而且会使她的公司减轻不少负担。她为什么对我这么好呢？或许她是从同是女性的角度同情我这个女人"不容易"，或许是她作为一个人的底线吧。

不管怎么说，洋子社长让我避过了一场凶多吉少的冒险，挽救了我的公司。

后来的结局，还真的成为一场悲剧，洋子社长破产了。我再次见到洋子社长，是在半年后商讨破产财产分配的债权者会议上，我们公司的最后一批进货因为比较早，我获得了债务偿还。

当时的气氛，使我无法与洋子社长说一句私人间的话。之后的三年里，我再也没有见到过洋子社长。好在今天我终于打听到洋子社长的消息，傍晚就可以和她见面，想到这里我心中不禁催促起时钟，让它走得更快些。

傍晚我提前来到与洋子社长相约的原宿车站出口，等着洋子社长。在夕阳的余晖中，我终于见到久别三年的洋子社长。她看起来比三年前瘦了一圈，发型也变了，变成梳一个发髻，但是脸上的表情依然是充满自信地微笑着。

我赶过去,用了我们初次见面时洋子社长用的那种西方人的动作,一把拥抱住了洋子社长。我忽然想到我和洋子社长的第二次拥抱,可以写成一篇文字,就叫《第二次拥抱》;不过后来香港出版了一本《第二次拥抱》,我就舍弃了这个名字。

洋子社长第一句话就问我:"你和你的公司都好吧?"

我有点动情地说:"都是托您的关照,我和我的公司一切都好。"

洋子社长用放心的语气说:"我就知道你不会有事的。东京的服装界,无论如何也不能少了你这位提供中国面料的女性社长啊。"

我与洋子社长来到阔别三年的原宿车站南口前的咖啡厅一起喝茶。洋子社长看着窗外赶着去乘车的穿着漂亮和服的男女青年(那天正好是日本的成人节,满20岁的青年男女都穿上和服来庆祝自己成人,或去照相,或去参加派对,或去神社参拜),感慨地说:"世事无常啊,42年前,我也这么穿着和服去庆祝成人,真好像就是昨天的事情。"

我说:"洋子社长的和服照片我还没见过呢,有机会一定秀一秀给我看哟。"

洋子社长一口答应说:"我下次就带来给你看,不过,不是20岁成人节的那张,而是25年前的和服照片。"

我心里计算着:"25年前,洋子社长还很年轻,正值日本泡沫经济时期。"于是就问:"哦,那时候正是日本泡沫经济鼎盛之时,莫非是洋子社长在人生舞台值得纪念的日子穿和服照的相？"

洋子社长会心地笑着说："你还真是会刨根问底呀。不瞒你说，那是我在巴黎举行小规模服装秀舞台谢幕时穿的'振袖和服'（未婚女性穿的袖子下摆长与身长一样的豪华礼仪和服）。就如你所知道的，我们日本女人结婚以后就不可以再穿'振袖和服'，但是没有结婚的女人不管几岁，只要是重大日子就可以穿。只是一般独身女人都比较低调，大多数人一辈子也不会再穿了。那天，是我第一次也是我最后一次穿'振袖和服'。也许那时候自己太高调了，所以注定要从自己的巅峰跌落下来。"

我赶紧抢着说："泡沫经济也不是您一个人的事情，是全日本的事情呀！"

洋子社长认真地说："不，那不能把责任都推给社会。我自己最知道，我是有责任的。"

洋子社长习惯性地从手提包里摸出香烟，优雅地点上烟，吸了两口接着说："那次我在巴黎服装发布会后，日本的银行至少有三家自动找上门，愿意为我们公司贷款。你想想，那些男人对着我们这种独身女人，一开口就说融资一亿，那我会是个怎么样的心情啊。"

我不得不说："可惜我没机会体会那样的心情。"

洋子社长笑着摆手说："那也没什么。那时日本人被泡沫经济冲昏了头脑，忘记了日本战败后靠'技术立国'，才打造出一个世界第二的经济强国。那时我们反而忽视技术了，开始学美国大兴'理财运营'，社会上最吃香的不是以往的工程师、技术员、设计师，而是MBA（工商管理硕士）。甚至大公司都聘请银行里的理财专家参与公司运营。我在办银行融资时，也挡不住银行家的劝诱，聘用了那个银行刚刚退休的部长到我们公司来担任理财专家。现在想起来，也许这就是一亿融资的附带条件啊，如果是现在，我当然就懂了，可惜世上没有'如果'。"

洋子社长忧伤地吸了一口香烟，纤细而不再富有弹力的手指，稍微有点颤抖地把香烟对着烟灰缸弹了一下，继续说："你知道那些MBA及所谓理财专家，对公司专业是一窍不通的，他们最拿手的就是把公司多年积累的钱财作为投资的资本，大兴股票、证券、房地产、高级高尔夫会所会员权，玩起买空卖空的游戏。

"虽说日本大多数人还是信奉一步一个脚印地创造财富，可是那种买空卖空的风气是非常可怕的，就像传染病，一不小心，鬼迷心窍地沾上一点边，就一发不可收拾了。那时候日本全国上下到处是莺歌燕舞，到处兴建别墅、度假村、超高级公寓。很多公司不再搞研发投资，而去改行搞买空卖空的投机生意。因为投资研发，要经过几年、十年，甚至二三十年才能看到投资的成果；而买空卖空的投机，就是所谓一个炒作，一夜之间可以有成果，有几个人能抵挡这样一夜之间暴富的诱惑呢？"

我点头承认："如果是我的话，也是抵挡不住这种诱惑的。"

洋子社长低头说："是啊，人都是有缺点的，最大的缺点就是贪心，我就是失足在贪心上。那时我乘着巴黎凯旋的傲劲，把

人间幸不幸

自己以设计为本的理财理念，让理财专家的投机投资取代，结果买回了一大堆股票、证券、高级高尔夫会所会员权、高级公寓的分期付款。到了20年后，我们公司由于大部分资金都投入理财专家的理财'业绩'，实际上公司的周转资金已经不灵了，所以才会因为那个突如其来的货款不兑现问题而支撑不住破产。"

洋子社长深深叹一口气，仿佛对自己的过去有点悔恨。她接着说："三年前事发时，我约你出来到咖啡餐厅的时候，我还不甘作罢，想做最后的挣扎，把希望寄托在银行身上。可银行却是一个救富不救穷的机构，它恰恰在你最富有的时候想方设法要借钱给你，而等你真的需要钱的时候，它偏偏一日元也不会借给你了。"

说到这里，洋子社长突然像想起来什么，对我说："我顾着说自己的事情了，你今天约我见面，是不是有什么事情？"

我回答说："是啊，我是想对您说出我藏了三年没能够说出的一句话，就是'谢谢您'！"

洋子社长听了有点诧异地问："是吗？"

我说："是的！三年前，您的公司遇到了货款支票不兑现的灾难的时候，您还担心牵涉到我们公司，特地把攸关您公司性命的信息透露给我，让我没有接您公司的订单。过后我才知道，如果你没有透露给我信息，让我接下那笔订单，我们公司在中国进行秋季赶货，可以让您有一定的现金周转，渡过一时的困境。可是您舍己为人，把危险留给自己，把安全给了我。"

洋子社长似乎有点明白我要说的话了，我继续说："我后来还听说，很多像您这样被不兑现支票牵涉的公司，在宣布公司破产之前，早就把自己的财产转移到三姑六婆名下了，等到破产理财律师登门来访时，公司和个人的账簿上都已经空空如也了。但是，洋子社长，您以天生的尊严和完美的人格，宁可自己独担风险也不将危险转移到我等供应商，这是多么难能可贵啊。事后，我一直想对您说一句话，偏偏就找不到您了。所以今天，我特地来要对您说我一句藏了三年没能够说出的话：'谢谢您救了我和我们的公司！'"

洋子社长眼圈有一点红，我知道，那是欣慰，一种艰难以后的欣慰。这时的她显得很美，真是名副其实的"Belle Amie"！

2020年11月7日整理完稿

✂ 人间幸不幸

洋子社长的礼物

很多朋友经常不约而同问我一个同样的问题："日本女性的特点是什么？"我毫不犹豫地回答："日本女性善于为对方着想。"

比如，日本女性在送礼物时，尽是为别人着想。

日本人注重礼仪，如果被邀请去赴家宴，至少要带一束鲜花或者一瓶好酒。买鲜花并不难，东京每个车站，不论大小，车站方圆百米以内，一定可以找到卖花的店铺，甚至很多车站出口就有鲜花店。而且买花时，实在决定不了买什么花的话，日本鲜花店都有指南，比如什么季节送什么花，什么对象喜欢什么花，什么年龄适合什么颜色的花，甚至还有血型与花的属性表，当然还有花语等。

但是，酒就有点学问了，根据年龄、品位选择酒，是不那么轻而易举的，况且，无法一一向卖酒的人讨教呀。

不习惯喝葡萄酒的人，送葡萄酒也不好；喜欢喝葡萄酒的人，送日本清酒也不好。葡萄酒的颜色也很考究：以肉为主菜的时候，应该配红葡萄酒；以海鲜为主菜的时候，应该配白葡萄酒。这已经是常识，但是问题是不可能事先知道这天赴宴是吃肉餐还是海鲜餐呀，最好红葡萄酒、白葡萄酒一起配套送。这样预算会过多，也不现实。

而如果送日本清酒，对日本人来说，清酒与其选择名牌，还不如按收酒人对清酒甜度或者辣度的偏好，及用哪里的水、哪里的米做的来选择产品更讨人欢喜；至于烧酒，一般是难登大雅之堂的。送酒还真是个难题。

又比如日本女性善于表扬别人，不是信口开河地夸奖，而是贴切，且不是简单的恭维。

20世纪80年代以后，日本女性参加社会活动多起来，不愿意围着灶头团团转。以前，日本女性最喜欢人家说她们"很有家庭味道"，得到这样的称赞就意味着有女人味，在男人心目中是一个好女友、好妻子，在孩子们的心目中是一个好母亲，在婆婆看来也不得不承认是个好媳妇。但是，后来的日本女性却喜欢被说成"一点儿家庭味道也没有"，再夸张一点的赞美甚至是"一点儿生活味道也没有"。得到这样的称赞，就意味着她们是事业型的女性，是走出家庭，不依靠男人的独立自主的女性，不论在孩子面前、在丈夫面前、在婆婆面前都是值得骄傲的。

进入21世纪后，由于经济不景气，日本也开始流行起在自己家里请客了。其实这才最符合日本人的民族性。大和民族是一个普遍崇尚古典美的民族，让他们一味地丢弃古风的女性美，而剩下纯粹是时下女性的那些时髦，又未免太寂寞了，所以，最微妙的、两者兼顾的赞誉就孕育而生，那就是"哦，您意外地很有家庭味道啊"。言下之意就是说，本来想象中的你是没有家庭味道的，但是来你家以后才发现你很有家庭味道啊。这才是日本女性希望得到的更美好的赞美词，貌似"古风的女性品质与时下时髦的女性品质都被你一个人占有"。

可是，这样的赞美，并不是可以套用到每个人的头上，因为在日本，不贴切的赞誉是最不受欢迎的。日本女性不论过去、现在、将来，她们对孩子的教育最重视的就是不撒谎、不夸张。日本有一句很耐人寻味的话："要说不合实际的好话，还不如说合乎实际的不足之处来得可爱。"

我们再回到赴家宴送礼的话题。除了送鲜花和酒以外，当然更暖心的礼物是针对屋子里的家具品位、颜色送般配的小饰品。这样，表示的不仅是做客的礼貌，更是作为一个客人对招待方品位的欣赏与推崇。这不仅需要审美观，还需要有一种意气相投的缘分。在这里，我说一个自己经历的例子。

去年初夏，我请一位同业界的前辈到我们公司来吃饭。虽然现在已经没有具体的业务来往，但我们还保持着联系，她的名字叫洋子。

洋子社长不是第一次来我们公司，所以比较熟悉我们公司的"内幕"，但是，说实在的，离上次洋子社长来我们公司已经10

年了。可是洋子社长带来的礼物，使我非常惊喜，那是与我们公司的一面墙壁有关的礼物。我甚至怀疑，是不是我不经意之中把我的喜好说出来过。当然，那是不可能的，因为我们的来往大多是讲一些业界的事情，很少谈天说地，更不会说到公司的墙壁。

那么，是什么礼物呢？这要先介绍一下与那有关的我们公司展示厅烧开水角落的一面墙壁。建筑设计师声称为这间展示厅刻意设计了象征性墙壁，听说象征光与彩。这面墙壁是用小方形玻璃砌成的，每块小玻璃长和宽都是18厘米，随着太阳的运转，玻璃放出不同的光亮。因为这墙壁本身就是一个装饰品，我实在想不出有什么更好的装饰品可以锦上添花，就在那一面墙壁前放一个暖色系木制桌子，上面摆几个玻璃器皿而已。

洋子社长一定是刻意记住那一面墙壁，她带来一个直径32厘米的玻璃大盘子，造型简洁、大方，上面刻着浮雕花纹，然后附

公司的玻璃墙与墙壁前的摆饰

带一盒七彩的玻璃弹子球。把玻璃弹子球放进玻璃大圆盘里，摆在那面玻璃墙壁前的桌子上，随着太阳的移动，玻璃球折射出漂亮的七彩光，五彩缤纷。如果说这是锦上添花，似乎还不够达意，应该说是与原建筑设计师的意境完美地融合了。

玻璃盘与玻璃球，虽然不难得到，但当它们与这面玻璃墙壁相遇时，就显得飘逸脱俗。洋子社长的审美观与不知名的建筑设计师，冥冥之中有一种意气相投的缘分，成就了他们不谋而合的意境，散发着他们个性的光芒，使这面墙壁与这个摆设物相映成趣。

我曾经苦苦思索怎么样给这面墙壁找一个合适的搭档，没有想到，洋子社长不露声色、神不知鬼不觉地在这一天突然把它送到我的眼前。后来，我们公司一位女孩子新婚辞职时，我给她一个选择，可以带走这个公司里她最喜欢的东西，她选择了这个玻璃盘和里面的玻璃球。可见，在公司里日本女孩子们也特别喜欢这份礼物。

像洋子社长这种给人带来喜悦的礼物，又给一对新婚夫妇带来不同的感动。这种礼物不是比金钱的多少，也不是比地位高低，更不是刻意的炫耀，而是发自内心的"爱"与"惜"。这爱，就是爱"人"；这惜，就是惜"物"。生活之中有了"爱"和"惜"，用"爱"互送温情，用"惜"承载相知，无论日子如何繁重冗长，都可以活出一份诗意，一份轻盈，一份有梦的人生。

2018年5月8日

洋子社长的礼物

奈奈子的眼泪

我在东京成立过一个服装贸易公司，把在中国工厂设计生产好的服装，进口到日本贩卖给日本的百货店、服装店。我们公司招工，原先都墨守成规从我的母校东京服装学院招应届毕业生，面试后感觉也都很好，可是一投入工作，毕业生真的很稚嫩，我们这样的小公司还真的没办法拿钱培养工作能手。他们自己也很不容易承受职场工作压力，有的很快就辞职了。

吸取教训，以后就找东京职业介绍所或者请同行介绍。

奈奈子是大野社长介绍来的。大野社长事先告诉我说："奈奈子有一个不好的地方，就是她有一个不满两岁的孩子。"

当时我很轻松地说："没关系，我在中国时，中国女性都是一边带孩子一边工作的，这不算什么问题，只要她能胜任工作就行。请她明天就来面试吧。"

在面试前大约一小时，奈奈子打来电话，用谦卑的口吻说："我是今天预约面试的奈奈子。实在对不起，我想非常冒昧地提出一个要求……我今天不得不带孩子，请允许我抱着孩子去您那边面试，可以吗？"

尽管有大野社长的事先说明，我还是没料到奈奈子在初次通话时，就这样毫不掩饰地亮出她的"不好的地方"。我面试过各种各样的人，这还是第一次面试抱着孩子的女性。我不知道现在中国有没有这样的情况，不过据我所知，在日本没有这样的事。所以我听到奈奈子带孩子来面试的要求后，迟疑了几秒钟，然后才同意说："好吧。"

虽说奈奈子抱着孩子，她仍然按日本最标准的规矩，不早不晚提前五分钟到。奈奈子穿一身黑色的职业女性标准套装，脸上的化妆也是浅淡而得体的。这身标准职业女性的打扮，一点不像带孩子的妈妈，反而使我觉得她有一种充满生命力的地方，至少她显得比别人活得更努力。奈奈子使我联想起自己留学生时代一边学习一边打工的艰辛，心中产生出一种同病相怜的感觉。我几乎是下意识地想："这样的人应该会更珍惜一份工作吧。"

奈奈子26岁，称"少妇"还不够，称"姑娘"已经过。她那双眼皮下长着一双清澈的大眼睛，黑色的瞳眸几乎占满整个眼睛，加上天然上翘的浓密眼睫毛，在看她的履历书前，我还以为她才20岁左右呢。

我还没说话，奈奈子就先用一种不安的声调说起来："今天的面试一定没什么希望了吧？真是给您添麻烦了。本来约好我母亲替我去保育园接孩子的，可是母亲突然因为父亲住院不能去接孩子了，让我措手不及。我想，带着孩子来面试当然是失礼的，可是临时取消面试似乎更失礼。我犹豫了30分钟，还是这么来了。"

听了奈奈子的话，我对她带孩子来，从最初的一点点诧异，顿时转为同情，还想："她居然犹豫了半个钟头。"

奈奈子说到这里，一双大眼睛垂下了眼帘，底气不足地说："请原谅……其实我已经面试过六次了，都因为有在保育园里的孩子，全都没有通过，更何况今天我突然带孩子过来面试……"

听到这里，我反而安慰她说："你事先告诉过我要带孩子过来，我也同意了，这也算不上失礼，而且大野社长事先也把你的情况跟我讲过。"然后我一转话题说："好，让我看看你的服装设计图稿吧。"

听我这么说，奈奈子脸上闪起一丝期待，赶紧拿出一册活页夹，里面都是她画的设计图稿。我一看，果然如大野社长说的，她很有设计能力，并且奈奈子的设计都是与她年龄相仿的女装，正适合我们公司服装的年龄层，我心里已经倾向录用她了。不过我表面上还是平淡地对她说："面试就这样吧。请你回去等通知吧。"

由于我在东京政府办的职业介绍所登记招聘设计师后，先后从那里介绍来六个人，虽说设计都不理想，但都是没有孩子拖累的人。我犹豫了两天，觉得还是以能力优先，决定录用奈奈子为我们公司的正式职员。

东京有一个奇怪的不成文规定，要想送孩子进便宜的公立保育园，妈妈必须有正式职员的资格。如果妈妈是非正式的临时工，就只得送孩子去昂贵的私立保育园。盖有我们公司印章的正式社员证明书，使奈奈子的女儿立即从东京昂贵的私立保育园成功地移籍到便宜的公立保育园。据她说省下的费用，可以抵半个月的房租呢。

奈奈子的女儿转入公立保育园的第二天，她满面笑容地带来一大盒新宿伊势丹鲜果铺的鲜丽樱桃给大家品尝，用日本人的方式表示感谢。中国人的习惯是私下送给老板礼物，表示个人的感谢；日本人的习惯则是当面送给大家点心或水果，表示对公司的感谢。奈奈子还对我们说，她被录用后，她婆婆忽然对她这个突如其来的"奉子成婚"的小媳妇无比亲切起来，逢人便说："我家媳妇是服装设计师。"

虽然奉子成婚在日本已是见怪不怪的事情了，但我还是有点吃惊地问："奉子成婚？"

奈奈子坦率地说："我和我男朋友才认识两个月，就有孩子了，不得不赶紧成婚。"

据我所知，日本人很少去做人流，就对奈奈子说："那是你的运气，你看我想要孩子一直就不能实现呢。"

结婚前奈奈子是有工作的，可是生孩子后为了带孩子不得不辞职。现在奈奈子又回归了服装设计工作，她看上去像一个久违运动场的选手，准备大显身手。一到公司，奈奈子就脸上笑盈盈地忙这忙那，经常看到她在公司里一路小跑争分夺秒地工作，好像准备一个小时干一天的活儿。

奈奈子设计的服装是属于那种不带一丁点儿生活味道的可爱型少女装，简洁中恰到好处地使用流行的荷叶花边、蝴蝶结、法国蕾丝，而亮片、珠子更是点缀得让人感觉到一种意外的惊喜。她设计的颜色，不像"粉红"那么明明白白地在说"可爱"，也不像"桃红"那么炫耀地在说"妖艳"，而是取柔和色调，三文鱼粉、象牙米、卡其绿、沉香灰，清淡脱俗，客户们都异口同声地称赞奈奈子的设计。她自己还主动穿着公司的商品，既当设计师又当模特儿。

三个月后，考虑到奈奈子每天忙着要在五点半前结束工作，去保育园接孩子，我就分配一名刚从学校毕业的新职员给她当助手。奈奈子比以前更精神了，工作也更加井井有条。每天下班之前，奈奈子都要向新助手小结一番今天的工作，交代还没完成的事情。第二天一早，她又再次认真地确认助手的工作。一切都和谐美满。可是天有不测风云，奈奈子也有意外。

就在这和谐美满的大好时候，奈奈子突然三天两头地请起假来，说是因为小孩子发烧。我曾听人说过，小孩换了保育园，就会生病一段时间，原因是幼儿好不容易培养起来的免疫力，因环境的变化又摧毁殆尽。于是我想，奈奈子的孩子发烧，大概是进入免疫力培养期了吧。

可是这一天，奈奈子竟然迟到了三个小时，于是我找她谈话。奈奈子一进我的办公室，我就发现她改变了以往的发型。以前她总是把头发高高地打一个流行发结，耸立在后脑上，额前自然地垂下三股微鬈的秀发，显得性感别致。可她今天的头发好像没有打理，任其散落在肩上，有几分不修边幅的感觉，而且她的大眼睛下还出现一圈黑黑的眼袋，一改她平时活泼清爽的形象。

我忙问："怎么了？你身体不舒服吗？"

奈奈子眨巴眨巴大眼睛，用力抑制感情，但说话的声调还是带有哭腔，她说："还是被您一眼就看出来……其实我两天都没睡觉，我丈夫不知跑哪儿去了，一直没回来……"

我惊问："你丈夫怎么了？"

奈奈子有气无力地说："他……他……有了一个情人，一定是跑到情人那里去了。"

我说："你要给他打电话呀。"

奈奈子越发有气无力地说："打他的手机打不通，又不敢往他工作的公司打电话……"

我微微点点头，这大概是日本女性的美德，善于忍耐，不把家庭矛盾闹到公司去。

奈奈子接着说："这两天我女儿似乎明白了什么，也变得很异常，特别缠着我，一刻也不让我离开她。就是我上个厕所，她也紧张地使劲拍厕所的门，大声喊：'妈妈，妈妈……'可怜这孩子还只会说'妈妈'，无法表达出她心里的意思。"

我这才明白，奈奈子不仅是因为小孩子的事，更严重的是她丈夫有了外遇，一时间不知道怎么安慰她才好。奈奈子自言自语地低声说："我现在身心疲惫得快要支撑不下去了……"

听到这话，我感到一阵心痛，又反过来使我佩服奈奈子的坚强，在这种情况下，她居然还能赶来上班。

此后奈奈子就经常迟到了，我知道她的难处，也默认了她的这些举动。我们公司的职员聚会，奈奈子一般是缺席的，不过这次年底公司的忘年会，奈奈子来了。她先去保育园接孩子，把孩子送到她的娘家，然后再赶过来。为了她的晚到，大家又重新举杯为她干杯。忘年会上大家欢声笑语，在不知不觉中，已是午夜11点半了。我怕大家赶不上回家的电车，想结束宴会，奈奈子却眨巴着大眼睛，流露出一脸不愿离去的遗憾。奈奈子脸上的表情让我感到一种于心不忍，就让大家先回去，我陪她再待一阵子。

东京女孩子喝酒的习惯，是先喝啤酒，然后喝兑水烧酒，最后才喝鸡尾酒。伴着甜味的鸡尾酒，让人不知不觉越喝越猛。奈奈子喝着鸡尾酒，久违的解放感加上酒精，使她年轻的脸上染上一片红晕，简直可以说是妩媚了。奈奈子喝着喝着，突然说："如果我没这个孩子……"

我赶紧打断她的话，不让她说下去，带几分严肃地说："孩子是无辜的，不要说这样的话！"

奈奈子睁大眼睛看了我一眼，又无奈地垂下眼帘，显出一脸的委屈，似乎是不满我不让她说下去。

我正想换个话题，说点别的，可就在这时，大颗大颗的眼泪忽然从奈奈子被酒染红的双颊上滚落下来。

我心中一颤，就说："好吧，今天我们趁着喝酒，你想说什么就说什么，你想哭就痛痛快快地哭一场吧。"

奈奈子像等待着这句话似的，马上敞开心怀对我倒出内心的苦水。她一口喝完杯中的鸡尾酒，用羡慕的口气说："您没孩子多好啊，无忧无虑的，不知道我们生下孩子有多苦……"

我没有孩子，确实无法想象生孩子的事情。

奈奈子接着说："您知道吗？我今生最后悔的事，就是分娩时让我丈夫守在产床前。虽说他分担了我分娩的疼痛，但……从此以后……他就再不到我的房间来了……"

我惊讶地问："为什么？"

奈奈子借着酒精的力量，坦白地说："我丈夫说，他看到我像动物似的惨叫，以及产床上的血腥，无法忘却那个可怕的场景，就再也没有和我一起做爱的欲望了……"

说到这里，奈奈子深深叹一口气，说："其实我……我就是为了生孩子，失去了女人的幸福啊！最近……最近我家丈夫，干脆住到他情人家去了……"

我本来就不曾醉，听了她的话，就更加清醒了。她那年轻充满生命力的美目，与这眼前的哀伤样子是多么不协调啊。面对她的眼泪，我束手无策，不知道用什么语言安慰她，只能紧紧拥抱住她，拍着她那颤抖的肩膀……

第二天公司进入新年休假，奈奈子突然打我的手机。一般日本人是不会轻易打上司的手机的，我预感到她有什么事情，想来和我谈谈。正好当时我一个人在公司，她就抱着孩子过来，还是穿着面试时的标准黑色女套装。我一看，知道她是来告别的，因为日本职员在辞职时一般也郑重地穿正装，以示歉意。果然奈奈子向我提出辞职，她说，一个少妇，不能在家庭育儿和工作中兼顾，二者必须择一。

我无奈地安慰她说："你的孩子长大后，再来工作吧。"

奈奈子抱着的小女孩，依偎在妈妈怀中，一脸幸福地微笑，好像这小家伙知道，从明天起妈妈就属于她一个人的了。

虽然我叹息奈奈子的离去，但我知道日本女性的幸福首先从家庭的幸福开始。奈奈子在夫妻危机之中，毅然决然放弃她喜欢的设计工作，全心投入相夫教子，我只能祝福奈奈子如愿重新找回丈夫的心，希望他们还会恩爱地走到一起。

到底育儿和工作能不能兼顾，这个问题，我至今其实还没有答案。但是我谅解奈奈子的自我牺牲精神，以及全身心回归家庭的决定。

2017年10月3日

✄ 人间幸不幸

东京的调酒师加藤君

第一次坐在东京调酒师加藤君的酒吧台前，是在花粉肆无忌惮乱飞舞的春风三月。我工作压力很大，加上整天戴着加厚的防花粉大口罩，到傍晚感觉都快喘不过气了。又没有人可以倾诉，在东京茫茫人海中，我真的没有一个人可以谈谈工作上的烦恼：父母、兄弟姐妹在远方，日本的老师同学又不好打扰，在公司必须表现得开朗自信，就更不好开口了。

于是想：何不找个地方喝几杯，吐真言。

公司在东京西新宿，徒步走10分钟，抬头看到前面四楼一个霓虹灯下的招牌，写着"欢迎女性：随意一杯酒"，正合我意。

进电梯到四楼，电梯门一开，一个低调、中性、柔和的声音不紧不慢地传进耳膜："欢迎光临。"然后20度鞠躬的男生赫然出现在眼前。我被引导到酒吧里一个5米长的L形吧台的末端。吧台上，已经有三组客人，都是女性。他进到吧台里，优雅地递给我一条热度适中的雪白毛巾，几乎同时又递来一本和纸的酒单；马上又应旁边客人的要求，转身调起酒来了。

我环视周围断定这是一个休闲酒吧，也就是说没有女陪酒，也没有男招待，差不多就是一个人的酒吧。这在昂贵的东京，很明显是刻意降低成本，受惠者当然是我们这些女性客人啦。从他的动作和表情我知道，他就是这家酒吧的店主调酒师。

这是一个非常富于女性美的酒吧，基调是富贵温暖的酱紫色，女性置身于这个环境之中，差不多就像回到了自己家，温馨、安详。

我正纳闷，这位调酒师这么忙，怎么能够在客人进来时，貌似悠闲地恭候在电梯前呢？很快，这个谜在我的观察下破解了。

原来，电梯上方有一排电子数字，当"4"这个数字亮时，调酒师就会轻轻地向吧台的客人说一声"对不起"，然后前往电梯前迎接客人。从调酒师的位置，这个数字可以斜乜到吧。这要如何地瞻前顾后啊。

大概一个小时后，我就被他的个性才情、气质修养深深吸引。他是一位年龄不详，既有男人的儒雅、沧桑、深沉，又有女人的暧昧、优雅、柔情，甚至笑起来很甜美的调酒师，如果硬要说他像谁，我想与中国演员胡歌很像。

他穿着一件再普通不过的衬衫，可是一定是黑色的。一般没有气质的人，不敢穿黑色啊。衬衫下面系一条酱紫色的围裙，与这个酒吧的色调统一起来。再看他的发型，那是与古典派的调酒师惯常的老气横秋的大背头发型完全不一样的，两侧干净利索，头上的发梢生动而无规则地翘起，飘逸着青春的气息。

他在调酒时，精确的优美的动作令我目瞪口呆。吧勺绝不舀两次，而是一次到位；摇酒器的双手，流畅雅致；倒进鸡尾酒杯时，酒一滴也不多，一滴也不少，刚好满杯；最后沿着吧台，左手托着右手腕，用三个手指笔直地轻轻推至你的眼前，简直有一种庄严而静谧的仪式美。

有一次，我把自己的日语小说送给他，过后他对我说："您的小说中描写的中国鼓浪屿的海水和沙滩，与一款玛格丽特鸡尾酒非常匹配，我在这款鸡尾酒的杯沿，多加一些细盐，代表您的中国鼓浪屿的沙滩。"那以后玛格丽特就成了我的专属酒了。

这样的个性化服务，是创造性的美，令我情不自禁对他的生存状态非常感兴趣。久而久之，我知道了他的故事。

他是京都人，从小在亲戚家长大，其中隐情，就不好问了。日本义务教育是9年（小学6年、初中3年免费），到高中他自己半工半读，高中以后为了不给亲戚添麻烦，他决定不上大学，开始自食其力。

像日本这么发达的社会，一般学徒工就是进入流水作业线，真的很难有自己的一技之长。那些传承式的匠人技术，比如制酒、陶瓷等，一般是代代相传，不容易传给非嫡系的孩子。他发现调酒师是门槛比较低又属于技术性较强的，而且他善于接触人，所以就选择了调酒师的工作。三年学徒后，再工作三年，他省吃俭用，并获得银行贷款，成为独立的调酒师，有了自己的吧台。我第一次坐在他的吧台旁时，他才25岁。至今已经12年过去了。

他的吧台除了鸡尾酒和啤酒、威士忌、甜酒外，只提供几款简单的下酒菜，如蔬菜条、葡萄干、鱼子、生火腿。如果想就餐，可以到吧台的后面沙发座位，由楼下的另一家餐厅厨房用一个滚动箱送上来。生日或者别的派对，也可以在吧台后面的空间举行。楼下的餐厅也经常介绍"二次会"的客人给他。

这种营业方式非常灵活，严格区别于私人夜总会，更严格区别于"牛郎店"，在第三产业发达的东京，非常受女性欢迎。我与他至今没有互通日本的微信，什么时候会去他的酒吧，也都不会事先告诉他，他也绝不会问。他曾经说过，这也是他"靠人气做买卖"的每一天的乐趣。

对我来说，去酒吧通常也不是事先就想好的，而是随着那天的天时地利人和而定。所以这种没有约定的喝酒，也是一种店主与客人互相的期盼。

再说，我去他的酒吧时，那种电梯打开的一瞬间的愉悦，看到对方高兴且意外的表情，也是我自己一天忙碌后的一个令人享受的乐趣。

他虽然年纪轻轻，可是总是能够对我们这些坐在他的吧台前的客人的发问，做出惊人贴切的解答。可能是因为从小一个人闯荡过来，对世态炎凉与人情世故比别人更有心得吧。在这个休闲的吧台，我了却了很多烦恼。

如果要给他一个评价，我想可以说这是一个发愤图强、兢兢业业又天生惹人喜欢、将古风与摩登融于一身的年轻人，有他在的这个休闲酒吧真的很治愈。

小晚如

小晚如有三个妈妈：大妈妈、妈妈、小妈妈。

大妈妈没脾气，从不生气，小晚如几乎离不开她；妈妈脾气很大，经常对着电话大嚷大叫，在这种时候，小晚如就躲得远远的；小妈妈不在小晚如的身边，脾气不得而知，就如同她经常神秘地出现那样，又总是神秘地消失。

犹如性格决定命运，这三位妈妈有着很符合她们性格的身份。大妈妈叫徐妈，是小晚如家的入住保姆；妈妈是小晚如的生母，名叫林璐璐；小妈妈就是我，我和香港来的璐璐是一起在日本留学时的同学，也是给小晚如起名的干妈。

小妈妈给小晚如起名字，说起来是很偶然的。

八年前，38岁的璐璐与她公司的中国台湾上司"交往"时，我就极力反对。那次璐璐与上司男友从中国香港来日本，我一眼就看穿男的是有妇之夫，因为他从没正视过我的眼睛。男人心虚时，就不敢正视女人的眼睛。还有他曾留学英国，还能说日语，又是大公司高管，台湾的女孩应该是不会放过他的吧，怎么可能还是独身贵族呢？

我虽然知道他们已经交往了八年，但还是下狠心对璐璐说："如果你想跟他结婚，还是趁早死心吧。"

不料璐璐一反常态，冷冷地说："谈情也是我，结婚也是我，不关你的事。"

我想璐璐说得也对，就生气地丢下一句话："那走着瞧吧，别到时哭着来找我，哼！"

从那天起，我们就没再提起那个男人了。那以后璐璐似乎避着我，各自也忙，时间在不知不觉中掠过。

日历翻过一页页，半年后，一个深夜的电话把我惊醒。在日本，除非有什么要紧事，不会有人深夜打电话的，我马上感到是国际长途电话，生怕是家里出了什么大事，立刻拿起手机，对面传来璐璐带有鼻音的声音。璐璐在不好意思时，总是带有鼻音。我一听就知道大事不妙了。

果然璐璐焦虑地劈头就说："我怀孕了，怎么办？"

"那恭喜你呀。"我不冷不热地回答。

璐璐愤愤地说："你、你（璐璐激动或生气时会重复一个单字），你说得倒轻松，公司的人知道了怎么办？我们家打死也不会同意的，我老爸会气死的。"

我冷静地说："不管怎么样，你一定要生下这个孩子。你们俩都有问题，但是孩子已经有了生命，就有生存的权利。女人没男人不能怀孕，但是女人没男人，并非不能养育好孩子并得到幸福呀。况且你也39岁了，别人在你这个高龄，这个孩子是想要还要不到的晚来的如意啊。"

"晚来的如意……"璐璐若有所思地重复着这句话。

对，这就是后来孩子的名字"晚如"的诞生瞬间。

璐璐似乎对我的话有点听进去了。我们两人恢复了旧日的同窗情，一直谈到天亮。最后我们俩达成的方案是：璐璐马上辞掉香港公司职务，到上海我的日本公司当总经理，等到孩子快出生时，再告诉她家人。

璐璐瞒着父母，到七个月时，才向父母坦白。当然她家那样的保守人家，不能容忍这事。父母不让她在家里生孩子，她自己在香港租一个小房间生下了一个可爱的女婴。

就像电影情节一样，从此那个男人就再也没有露面了。

我出差到香港时，去看璐璐和小晚如。小晚如已经五个月，看到陌生人一点也不怕，反而高兴地纵向摇动她的小手臂，两眼看着我。我朝她一笑，这个小毛孩竟露出两个与璐璐一模一样的酒窝，灿烂地、甜甜地笑开。当我把她抱起来时，贴身传来一种柔软的热度和毫无抵抗的沉甸甸的信赖。我没有孩子，第一次感受到这样的柔软和热度，加上那种毫无抵抗的沉甸甸的信赖，竟把我感动得哭起来。

小晚如一断奶，璐璐就回上海上班了。公司给她配一辆车、一套公寓，她用工资的一部分雇了上海全日制保姆徐妈。璐璐像重新获得青春一样，精力充沛地投入工作。虽然有保姆，她四年如一日，坚持亲自带小晚如睡，有时工作应酬到半夜回来，她就与保姆换床铺，不惊动小晚如，让小晚如每天早晨醒来，都能感到母亲的体温。

当然璐璐也有无能为力的事情。小晚如五岁那年，我出差到上海，又去看小晚如，玩了一会儿，小晚如突然嗲嗲地问我："小妈妈，你从日本来看我，我爸爸几时从美国来看我啊？"

我们这三个妈妈面面相觑，顿时都说不出话来。璐璐从来没有对小晚如说过她爸爸，更没有说在美国。大妈妈忙问："侬听谁讲的呀？"

小晚如一本正经地回答："电视呀。"

我们这三个妈妈才恍然大悟。我不忍伤小晚如的心，就哄她说："小妈妈所在的日本近，爸爸所在的美国很远很远哟。"

小晚如这才似懂非懂地点点头，好像很高兴，还朝我们三个妈妈说："那我长大后，自己去美国看爸爸。"

三个妈妈私下决定，暂时按小晚如的思路，将错就错，当她的爸爸在美国，等小晚如懂事的时候再告诉她真相。那以后，小晚如不时会谈到爸爸，璐璐都说爸爸如何如何好，尽量树立爸爸的光辉形象。这也是为了以后说出真相时，小晚如不至于太过失望。

涂金的婚姻先亮后黯淡

中日两国乒乓球迷都熟知日本乒乓球人气球星福原爱。福原爱在中国训练过，能够讲一口东北口音的普通话；而且，福原爱打乒乓球，每当打出漂亮的扣球时，还能情不自禁地用普通话大喊一声"杀"，经常博得中国球迷一片欢呼。

福原爱与中国台湾的江某杰结婚时，曾经引起轰动，那幸福的镜头连日刷满中日媒体。可是，这对金童玉女在喜获一对子女后，突然传来婚变，引起中日网友的大论战。

我以一个旁观者立场可以明确地说，中国大陆网民对福原爱离婚是叫好的，中国台湾网民是一半支持一半反对的，而日本网民则差不多持反对意见。

2021年2月底，福原爱婚姻危机旋风刮得日本、中国同步热议，其关注度甚至超过百年英国王室"造反派"哈里与梅根接受奥普拉专访的爆料大瓜。

我于20世纪80年代来日，可以说看着爱酱（福原爱爱称）长大，所以有些想法。我觉得，爱酱与江某杰的婚姻一开始就被染上耀眼的金色，反而是悲剧的开始。

那是从爱酱的结婚戒指事件开始，就上演的一场金光闪闪的大戏。你先试想一下：如果你是一位小提琴手，未婚夫为你设计的婚戒上躺着一把迷你钻石小提琴；如果你是一位作家，未婚夫为你设计的结婚戒上别着一支迷你钻石钢笔……你会怎样被他感动，你会怎样因爱而陶醉啊。

江某杰还真的亲自为爱酱设计了一个以乒乓球的弹跳轨迹为设计元素的钻石婚戒，而且是近年来罕见的超豪华3.22克拉钻戒，价值3000万日元（当时约合人民币152万元）。

这个3.22克拉还有一个浪漫的构思，据日本雅虎新闻报道，是取江某杰生日2月22日的2.22克拉，加上永远的爱（一语双关，爱情的爱也是福原爱的爱），即100%的1克拉，共3.22克拉。

这样浪漫的剧情要让爱酱如何陶醉啊。

他们结婚时，江某杰接受日本媒体采访，被问到这个浪漫的婚戒时，江某杰回答是自己用信用卡买的。

但是过后爱酱听说那不是她的王子江某杰拼搏赢来的，而是他擅自和厂商交涉成功，只要赞助婚戒，就让商家摆放爱酱戴着戒指的照片作为广告。这个浪漫的钻石故事的真相，顿时让爱酱从公主的陶醉中被打回到灰姑娘迷惘之中吧。

其实现在马后炮地看他们婚戒的价格，难免会引来一阵惊奇，江某杰一个并不出名的乒乓球运动员怎么可能这么豪气？

要知道被称为"台湾第一美女"的林志玲小姐，40多岁嫁给日本著名的组合EXILE成员AKIRA（黑泽良平）时，婚戒也不过20万元人民币。人家可双双都是资深艺人哟。

至于网上流传的这个婚戒广告牵线人是爱酱的大姑子，我就不便加以分析了，因为没有证据。但是台湾那家珠宝公司确实一直把爱酱和江某杰戴戒指的婚照挂在自家珠宝行做宣传。

如今想起来，他们夫妇参加过多档电视及视频节目，这些获得高额广告费的诸如亲嘴轰炸、互喂吃食的爱情表演都意味着营业活动。那么婚姻与商务营业活动联系到一起，必然会产生金钱分配问题和谁说了算等商业活动带来的摩擦。

在爱酱已经开始感到这场婚姻的落差时，爱酱婆婆不经意中的一句话，把小媳妇的委屈最大限度地激活了。爱酱婆婆明言："你是我们家的金母鸡。"

我不巧还真的懂闽南话呢。在闽南文化中，当婚姻双方经济对等时，这句话也许是一种可亲的赞许；但是，当婚姻双方经济不对等时，这句话就露出婆婆忍不住的窃喜和居高临下的得意。

作为一个从小在国际乒乓球舞台上一路拼搏过来的独立女性，将心比心，这种即使不是被恶意地算计和利用，于她，也必然是十分不愉快的。

日语里有句谚语："夫妇吵架，狗都不理。"爱酱和江某杰之间到底发生什么，我们局外人说不清。但是，爱酱在日本的异性约会事件，已经足够说明这段婚姻的危机。

既然爱酱婚姻危机已是不争的事实，就不要再继续扮演"假面夫妻"了。我觉得夫妻之间最大的悲剧是虚假，因为虚假让人没有起码的尊严。就如爱酱在中国台湾出版的相册随笔的主书名那样——《不管怎样的哭法，我都准备好了》，那就用当年那个在乒乓球场含泪坚持自己的力气，冲破虚假的现实生活，活成自己想要的样子。

作为看着爱酱长大的"爱粉"，我反而觉得爱酱终于知道她想要什么生活了。也许很多人会用两个幼小的孩子来谴责爱酱的责任感与所谓道德，我却认为孩子可以按照法律程序得到最妥善的安排。即使离婚，孩子还是他们的孩子；他们长大以后，也一定能够理解妈妈和爸爸的难处。

现在，爱酱已经正式离婚了。在爱酱33岁这个人生的春天，我想把著名女时装设计师玛利亚·加西娅·蔻丽于2021年3月8日国际妇女节在凡尔赛宫镜厅发布的2021秋冬女装的理念送给爱酱：

"你是你自己。即使在恢宏如凡尔赛宫镜厅一样的秀场，即使两岸遍布荆棘，也要保持优雅，昂首前行，走出最沉着高贵的姿态。"

虽独处却不孤

去年底，阔别33年后，我拜访了母亲读女子高中时的同学——宫本太太。

我第一次见到宫本太太是1984年8月，是我到东京留学的第二年，代表母亲参加了她们高中同学会。幸好那时候，我已经可以用日语与她们交流，留下了难忘的记忆。

那时，母亲的高中同学们都还年轻，55岁左右。据日本民意调查，日本女性幸福指数最高的年龄段是55岁至80岁。

走出家庭的职业女性，55岁还不到退休年龄，正是工作进入负责培养接班人的阶段，得心应手，受人尊敬，精神上压力较小；而守在家庭的专职主妇，孩子们大多已经大学毕业。日本人一般大学毕业就从家里独立出来居住了，家务劳动与经济负担都大大缩小，自由支配的时间和金钱有增无减。身体也还未明显衰老，可经得起第二学习生涯的脑力活动，也有周游世界的健康状态。

日本人都说55岁以后的女人国，是天堂之国。因为日本妇女没有照顾孙子的义务，也没有承担儿女经济援助的习惯，更没有为孩子买房置产的观念。她们像一群自由的鸟儿，想飞就飞，想歇就歇。

母亲高中同学们的话题，大都讲自己的兴趣。绝大多数日本妇女在这个年龄开始第二学习生涯，也就是为自己的"兴趣"投入自由的时光。

她们在众多的兴趣小组里，找到自己喜爱的学习与创造的一席之地，例如插花、茶道、书法、诗歌、随笔、自传、日本舞蹈、围棋、三味线（一种日本民间乐器）、民谣，等等。我注意到她们这些兴趣都不是静止的单纯学习，也不是简单的群舞，而是可以无限地发展、发挥自己的能力，进行创造提高的。我想可以用三个字来概括她们退休后的生活，那就是"精致化"。

在母亲的高中同学会上，一位名叫宫本雅子的母亲高中同班同学，把我叫到她的身边，让我看她特地为我带来的母亲高中时代与她一起拍的照片。因为母亲在"文化大革命"时把

宫本雅子（中）、作者母亲（后右）

这些与日本沾边的照片都烧掉了，所以在我的记忆里，没有母亲这种穿女生水兵校服的形象，这迟到的记忆一看就无法忘怀。

宫本太太把这张照片送给我，我在回国时交给母亲。母亲看到这张本来以为一辈子再也看不到的照片时，感觉恍若隔世，激动得热泪盈眶。

我一直在东京忙于工作，本想什么时候去看望一下宫本太太，可是她住在名古屋，没想到一拖再拖，居然拖了33年，终于在去年年底实现了。

阔别33年再见宫本太太，我们互相认不出了。这也难怪，宫本太太已88岁，看起来比印象中矮了、瘦了。果然后来宫本太太说她变矮了5厘米。虽然人小了一圈，不过她脸上没有老人斑，甚至没有皱纹。

十年前，宫本太太的丈夫病逝，她说因为照顾生病的丈夫，忙得没有时间生病。听说过英谚里有"辛勤的蜜蜂无暇悲哀"，现在又见证了"辛勤的蜜蜂无暇生病"。

可是她丈夫去世后，她的腿突然疼痛得不能走路，不得不迁至东京她大儿子家住。在医院做了股关节手术，先做左腿手术，休养了一个月再做右腿手术，不到两个月就好了。为了不给儿子、儿媳妇添麻烦，她又返回名古屋自己的家一个人住。

之后她每星期去游泳一次，以增强腿劲。从她家到游泳池要走20分钟，来回40分钟，光走路就已经是不小的运动，最初半年不觉得有什么效果，但是一年后感觉腿有劲起来，就一直坚持下来。

宫本太太跟我说起她自己的身世。她有四个母亲，生母是养父的妹妹，她还在母亲肚子里的时候就被养父（也就是舅舅）指定收养，因为养父母膝下无子，就向她生母家要一个孩子，不管男孩女孩。她的亲生母亲一共养育九个孩子，三男六女，活下来的连同她只有五人。

慈爱的养母在她7岁时病逝，一年以后养父续弦，两年后又添了一个弟弟。

1945年日本战败，一片混乱中，他们一家四口在"姑姑"家住了一段时日。"姑姑"的丈夫是寺庙住持，有很大的房子。在"姑姑"家时，"姑姑"经常给她点心吃，没有给她弟弟。那时生活很困难，弟弟也很饿，却没有份，她大惑不解。有一天"表妹"偷偷告诉她："我妈妈是你亲生母亲，我们是亲姐妹呢。"她才恍然大悟，想起以前每年一到她的生日，她的养父总是带她去照相馆郑重其事地照相，然后准时地寄给"姑姑"，她总大惑不解，原来是给自己的亲生母亲看的啊。

后来她结婚，有了婆婆，又多了一个妈妈。所以，她一生有四个妈妈。她说除了自己的生母以外，其他三位妈妈都是她看护送终的。第一位养母在她7岁时得病，她也喂饭喂药，一直到最后；继母和婆婆也都是她照顾到送终。

宫本太太在东京工作了20年，后来丈夫被公司调到广岛工作，她毅然决然辞掉工作，陪丈夫去广岛一直到丈夫退休。退休后回到她丈夫的老家名古屋，那时候这个家已经修建30年了，翻修后，又住了30年，她现在一个人守着这个家。她的大儿子在东

人间幸不幸

京买了房子，二儿子在镰仓也置了房产。日本的年轻人都不会把父母的房子看成自己的。每逢新年和中元普渡（日本将8月15日作为祭祀祖先的民间传统节日，公司都休息5天），两家孩子们都来她的老房子住几天，共享天伦之乐。

宫本太太说她与同龄朋友保持一定的来往，游泳班也都是老太太。她们游泳后经常一起喝茶，很开心。

宫本太太最后为我表演退休后开始学的茶道，并请我品尝。日本传统的茶道所追求的是终极美的境界。这里所谓的美，不是那种有形的、色彩缤纷的美，而是来自日本茶道大师千利休的茶道所追求的"寂静"之美。所有的动作都在没有家具摆设的茶室榻榻米上跪坐操持，皆在静谧之中进行。不说一句话，一心一意与茶粉、茶器、茶杯、茶刷交流，按照一定的温度、程序做出茶，最后凝视茶杯里浓浓的新绿，然后闭目喝三口，再深深地回味，最后互相鞠躬道谢。

喝完茶，我好像突然明白为什么宫本太太一点儿也没有孤零零的感觉，大概就是这种茶道，培养了人虽独处却不孤的情怀。

从宫本太太家回来的路上，我感到我与宫本太太33年的空白，居然是那样自然地在第一瞬间就填满了。想想母亲与宫本太太的来往已经远远超过半个世纪，整整71年了，现在她们依然保持通信。时间的流逝在她们之间是那样地祥和，那样地从容不迫，那样地源远流长。

我想起旅居丹麦的鼓浪屿作家吴铧先生说的一句话："人一辈子下来，到花台、酒台，过歌台、舞台，住秦台、楚台，或都有些颜色可流连。但路近泉台了，回首沉吟，最鲜活的是童年记忆，最珍惜的是中学时代的同学情谊……"这情谊，还传到下一代我的身上。

今春我收到母亲高中月刊《东京同窗会会报》，上面登着宫本太太的随笔，题目是《珍しい、嬉しい出来こと》（《喜出望外的事》），感怀我拜访她的事情，令我十分感动。一位88岁的老太太，如此勤奋地记录着她的心情，我顿感惭愧，经常推托工作忙而不勤奋动笔。于是，我也情不自禁拿起笔写了这篇文章。

2018年5月30日

借笔而生

那一年4月的东京春暖花开，第一个星期日中饭后，我打开书斋窗户，呼吸着东京春天的气息，让头脑清醒一些。然后犹如一种庄严的仪式：缓步走到北面墙壁电脑桌前，打开电脑和打印机开关，再从抽屉里取出四周布满红蓝斜杠的国际航空信封，开始往键盘上敲字，刚刚敲了抬头五个字："亲爱的奶奶。"

手机骤然响起，屏幕上跳出"上海工厂邱芳芳厂长"，我顿时紧张起来，因为厂长一般都是用邮件和微信联系，十年来只给我打过两次电话，而两次都涉及"生死存亡"问题。

第一次是在公司中国工厂成立三周年时，刚开完庆祝大会，分完红包，就接到芳芳厂长的电话，说工厂熟练工被上海同行挖走了10位，将影响日本的服装订单质量和交期。电话里我们两人商量了半天。最后我连夜飞上海，将工厂最急的订单调度一半拨给外派工厂，并马上招工，才避免了一场危机。

第二次是四年前，芳芳厂长来电话紧急请假，她那可爱的独生子赴高考时不幸遇到车祸，生命在青春火红之时毫无预警地消失。芳芳厂长在电话中泣不成声，我好不容易才劝住她要坚强。我担心芳芳那瘦小的身体一下子承受不了丧子的悲痛，隔天马上飞往上海。

果然，芳芳出现在我面前时，我简直认不出她了，上个月还满头黑发、46岁的芳芳厂长，居然变得满头白发，之前炯炯有神的大眼睛，越发大了，却黯然失色。什么叫作世事无常，什么叫作天有不测风云，这就是啊。

眼前这悲剧，不仅使芳芳如失魂魄，也使她丈夫六神无主，眼睛浮肿。

我这还是第一次与芳芳的丈夫见面，之前听说过，他是很精明能干的人，可是在如此悲剧面前也惊慌失措，振作不起来。

也许我在日本生活久了，又肩负公司东京和上海两地责任，在芳芳夫妇束手无策时，只能奋起，采取危机对策，立刻指挥几个员工，分别把孩子的相片从孩子的手机整理出来；联系殡仪馆，一条龙做好遗像、守灵、出殡；另外派人事处处长与交警密切配合，做车祸诉讼准备工作，等等。

看着我的危机管理，痛失独生子的两位家长似乎慢慢从悲伤中抬起头。正当我开始订返程机票时，芳芳的丈夫，带着中年男人很少有的局促不安的表情与芳芳来到我入住的酒店，对我说："还有一件事，想请教社长。"

我回答说："任何事情，只要做得到，一定会尽力解决。"

芳芳的丈夫压低声音说："我和芳芳必须马上履行与老家奶奶的约定，要带儿子回去看望老人。可是老人家在养病，总不能带儿子的骨灰回去啊，怎么办？"说完，两口子的眼睛溢出泪水，我一听，顿时也慌张起来。

我问奶奶是怎么一个状况，能不能顶得住这个悲伤的噩耗。芳芳在旁"哇"的一声哭出声，说出了独生子世代的悲哀："奶奶有三个儿子，就这一个孙子。每年我们家最隆重的节目，就是春节带着奶奶唯一的孙子与奶奶团聚。奶奶在孙子高考前两个月发现了胃癌，手术后躺在床上。奶奶盼望孙子考上大学，身体拼命地支撑着，这个噩耗断不可让奶奶知道啊。"

我含泪听着，一时也难以判断，犹豫不决地说："我生活在日本，也许我更多地受到东洋思想的影响，说起来对你们也许很残酷。古人说每个人都有自己的命数，按照'死者为大'的古训，应该在出殡前如实告知家族长辈……"

话还没说完，芳芳的丈夫颤抖着声音说："那、那会要了奶奶的命啊。"

芳芳悲恸欲绝地蹲到地上，双手砸着地板。很明显，为了保护婆婆的事，她再次因儿子的早逝和白发人送黑发人的现实而痛不欲生。芳芳的丈夫弯腰扶起她。两人颤抖的肩膀在我的眼睛烙下不可磨灭的印记。

我开始苦苦思索，有什么方案让奶奶永远不知道这场悲剧。

三天后，我回日本了，并且开始执行方案。

每个月的第一个星期天，我都腾出时间，给芳芳孩子的奶奶写信，也就是说，名义上，芳芳的孩子来日本留学，我冒充孩子，每个月写信给奶奶。幸亏，已进入电脑时代，奶奶虽不会接收邮件，但"孙子"很孝顺，每个月从日本寄一封打印出来的国际航空信，让奶奶知道他留学点滴。

如同小说，奶奶的病不仅没有像医生说的那样只有三个月寿命，而且奇迹般地好起来，已经第四个年头了。奶奶最大的盼望就是孙子大学毕业。上个月我寄出去的信封里，还附上一张明信片尺寸的照片，照片上芳芳的独生子戴着学士帽子，手里拿着一个精致的纸质圆筒，当然里面装着的是孩子短短一生的照片。感谢这个世界上有如此美好的修图软件，点一下旧照片，就可以生成自己需要的照片。

绕了这么一个大圈，我们回到芳芳的电话。我紧张地问："是不是工厂发生了什么事？"

那边，芳芳用一种复杂的声调说："社长，昨天晚上，奶奶抱着您寄来的儿子大学毕业照，微笑着走了。"

当感情无所寄托的时候

中村理惠是一名东京日语学校的老师，我有缘教她中文还是20年前的事了。她的中文在日语学校大有作为，因为学生90%都是中国人（包括来自台湾、香港的）。甚至，她还担任面试老师，从日本到中国上海、大连招过生呢。因为工作十分有趣，她一直独身。她每次约我喝茶就说，要找一个像我一样"知日派"的中国男士结婚。

38岁时，理惠如愿以偿与一位在日多年的中国人结婚了。虽然她的中国丈夫是二婚，不过没孩子，所以他们看起来就像学生时代就恋爱那样的氛围。随着她的结婚，我们见面就少起来了。

可是今年5月底，理惠突然约我喝茶。一杯红茶快见底时，理惠突然说："老师，我想请教您一两件事情，请您一定要说出您的看法。"

"嗯，一定有问必答。"我一点也不在意地回答她。

"可以先问您一个私人的问题吗？"

"我们这么多年，彼此都很了解，当然可以。"

理惠一本正经地问："令堂经常给您打电话吗？"

我一听，这算什么大不了的事情，要这么一本正经地问呀，就笑着说："这还真是问到我一个特殊问题了。我父母自从我留学日本至今30年来，还没有打过一次电话给我呢。我母亲说，打电话会给我添麻烦，可能我母亲保持日本的习惯吧，所以都是写信。我两三个月给他们打一个电话。"

没想到理惠睁大眼睛，露出吃惊又好像如获至宝的眼神。我以为这样的眼神，一定会冲出"真的吗？"这样的疑问句。出人意料，理惠得意地说："就是嘛！"

这下反而轮到我吃惊了，我反问："你知道我这个事吧？我以前也许和你说过吧？"

理惠认真地说："不，我第一次听说。我今天问您这个事情，是为了进一步问您下面的问题。"

我说："哦，日本人就是会先铺路，再走路。"

理惠一改平时的咯咯笑，有一点下定决心的架势，用不好意思的口气说："是这样，我婆婆自从我们结婚以来，除了每天频繁的微信以外，每隔一天，晚上就从中国给她儿子打一次电话。因为中国的国际电话比较贵，我先生接到他母亲的电话后，马上挂断，再从日本打过去。最初我以为婆婆不放心我们的新生活，也不在意，但是没想到，日复一日，一年多了，一成不变。好几次我们两人在外面吃饭，家里没人，婆婆就打到先生的手机。遇到我先生没有带手机出来，就打到我的手机。反正不管我们处在什么状态，非要在那个时候给我先生打电话不可。久而久之，我感到非常介意，甚至萌生烦躁的情绪。我自己的父母也是偶尔写个明信片给我们，我一两个月打一次电话给父母而已。我想是不是中国人都这样？想征求您的看法！我的这种烦躁情绪，是不是不应该？"

我与理惠认识这么多年，第一次看到她那困惑的表情。确实对于这位婆婆大人我似曾相识，但是我作为一个远离父母亲的孩子，还真是没有过这样的体验。也许我的母亲是受日本教育长大的，没有这样的习惯。我一时愣住了，不知道如何回答理惠。于是，我只好多问一点关于她婆婆的事情，想寻求什么答案来解释。我支支吾吾地问："哦，是吗？那么，可以先问一下你婆婆的事情吗？"

理惠高兴地说："当然，请问。"

"婆婆现在是一个人住吗？你先生是独生子吗？"

"公公五年前去世了。但是听说公公健在的时候，公公和婆婆就与小姑（丈夫的妹妹）夫妇及外孙住在一起了。现在也一样。"

"那你们结婚前，你先生的母亲也是每隔一天给他打一次电话吗？"

"听说我们结婚前，婆婆几乎是每天打一次电话给他呢。"

我继续问："那么你公公健在的时候，婆婆也是如此频繁打电话吗？"

当感情无所寄托的时候

"我也问过我先生这个问题，我先生说倒是没有。"

我有点不好意思地再问："哦，那么，你们结婚的时候，是不是婆婆不同意啊？"

"相反，好像婆婆是很满意的啊。"

这下，我真的不知道如何回答了，因为我父母从来没有打过国际电话给我，我很难想象她婆婆的心态，只好从宏观上说："也许是中国人和日本人对子女的价值观不一样吧。日本人比较西化，他们认为孩子长大了，就必须离开父母独立生活，互相也就是礼尚往来。中国人比较延续古代农业耕作的家族习惯，一个家族相互不离不舍吧。日本有'与孩子保持距离'的说法，但是中国不常见。"

理惠听我这些大道理，她摇摇头，显然不明白我的话。说实话，我自己也不满意这个回答，只好说："要不然，这件事情，我在我的日本推特上征求一下同样处境的海外华人的看法，可以吗？"

理惠高兴地说："老师，太好了，这样我还可以直接参与讨论。"

我们怀着极大兴趣看读者怎么看待理惠的困惑，她的烦躁情绪应该怎么理解，婆婆那边是不是应该刹车一下。

我的推特马上有很多读者热情参与，由于篇幅有限，这里只披露三位读者的看法：

旅居英国的A说：中国母亲太惦记孩子，在日本人看来就是不顾儿女的私生活了。不要说母亲，就是很多朋友也有事没事整天微信说来说去，非常困惑。

旅居瑞典的B说：我觉得这位母亲不是太惦记孩子，而是她自身的心理出了问题。这位母亲在丈夫离世后感情无所寄托，心理陷入了黑暗期，只有儿子是她唯一的一根稻草，所以抓住儿子不放。如果给她找一个合适的老伴，问题就解决了。好父母的一个标准是：能够忍受孩子长大所导致的自己被抛弃的感觉。我正在努力做这样的母亲。

旅居美国的C说：这么密集地打电话，如果母亲年纪很大，自己一人独居，通话在10分钟以内的，我倒是很赞成。但如果不是独居，母亲要多为孩子想想，他们工作很累，要让他们多休息。

…………

理惠看了推友们的回答后在推特上回答说："很奇怪，看了你们的见解，本来那种烦躁的心情好像一点一点没有了。如果真的是'救命稻草'，那似乎我先生应该配合当这个'稻草'。非常感谢大家！"

理惠的先生也在推特上回话："你们说得都很诚恳，但是这些发言的人都是在海外多年的人，既然这样，他们都已经是半个洋人了，不算真正的中国人的意见。"

理惠在那以后，对她丈夫与婆婆的频繁电话，似乎不太在意了。

我相信她的婆婆在感情无所寄托的时候，超越常识给她带来的烦恼，随着她婆婆生活状况的安定，一定也会有所改善。

2018年6月22日

（文中名字是化名）

走出华丽家族的她

记住杜海玲这诗一般的名字，是从她的一本书开始的。

这本书是文汇出版社"她时代丛书"2005年出版的杜海玲所著的《女人的东京》，拿到手后，我一口气读完。

好的书，就如好朋友，见一次，还想见；读一次，还想读。

最近因疫情在家，时隔多年重读我最难忘的杜海玲的《走在山间的小路上》和《香江旧事》两篇散文（收录于《女人的东京》），不瞒大家说，居然与第一次阅读时一样，眼泪流个不停，同时还多了一份冲动，想重新整理我对杜海玲的认识。

杜海玲的《女人的东京》给我一种感觉，似乎书中的人物是曾经在我的生命中遇到过又从不消失的人。就如我后来寄给我姐姐这本书后，姐姐给我的短信里写的那样："看了杜海玲女士的书，似乎觉得不太陌生。仔细品味，我们的母亲也算一个东京女

人间幸不幸

人，正如杜海玲女士在书中描写的那样'平凡、平淡、平静，再加上美丽和温柔'。"

不过，我这篇文章更想写的是杜海玲给我的另外一种感觉：她是我至今不曾遇到过的一位集神秘、韵致、婉约于一身的女性。这显然与她曾经在中国贫困农村生活过，又在被称为"东方明珠"的中国香港一个华丽家族中生活过，最终选择走出华丽家族来东京的经历有关。

杜海玲这种别样的经历，就像杜海玲那精致的脸，耐人寻味，令人流连忘返。

前一篇《走在山间的小路上》，虽然是以那十年为背景，但作者叙事的主角是乡村孩子，是以她少女时代那不食人间烟火、纯真、清澈的明眸观察的乡村孩子群像。杜海玲以等身高的视线点画出一幅不含政治色彩的乡村小学小伙伴们的平凡、清贫却不失童趣和清新的儿童画。

从城市来的小海玲，追随着割猪草的乡村小学同学的身影，渴望像他们那样除了做功课外，还可以做正事，分担父母负担。纯真动人的友爱，正是杜海玲自己善良本性的写照，也让读者看到乡村儿童的世界，尚存友善、阳光。

不同于众多的伤痕文学，杜海玲书写那段跟随母亲下乡的艰苦生活不失孩童的灵性。睁大纯净的眼睛，她看到的是大人世界中正渐渐失去的平等的友善和孩子们天然的对自立的喜悦。

这是杜海玲书中贯穿始终的对人性绝对肯定的书写的源泉。

杜海玲的书写，没有埋怨，没有仇恨，也没有过剩的忧伤，

走出华丽家族的她

是一曲对人间爱的赞歌。甚至孩子们脏乎乎的穷困，在杜海玲笔下竟成为让人镌骨铭心的水墨画。这是杜海玲文笔最吸引人的地方，以德报怨，与人为善，且不造作，也不逼读者跟她走进无怨的世界。

后一篇《香江旧事》，短短的篇幅，把一个华丽家族的不以人的意志为转移的历史动荡与爱憎恩怨，动人地展现出来。原来杜海玲是香港电影界著名导演兼老板罗维先生的外孙女。

罗维先生是谁？今天的内地年轻人也许不是很熟悉了，但是在东南亚，甚至演艺文化发达的韩国、日本演艺圈的电影界，他都很有名气。2006年，罗维先生入选香港"星光大道"，排第84名。

罗维先生还有一个令人唏嘘不已的功绩，他是唯一一位合作过李小龙、成龙、李连杰三位巨星的导演，说罗维先生是发掘李小龙、成龙两匹千里马的伯乐也不为过。他掀起经久不衰的香港功夫片热潮。罗维先生的伟业和他的名字永远被保留在那条星光熠熠的大道上。

有这样的外祖父，资源是取之不尽，用之不竭的。况且当时香港电视大普及，影视业如日中天，以杜海玲外祖父的名声及她本人先天的美貌、后天的聪明才气，无疑在香港当个明星或当红作家是不在话下的。

但她竟不顾全家上下的反对，克服护照被藏、亲属轮番阻挠的困难，像巴金笔下《家》里的年轻人那样，虽然身处"略嫌历史沉重的家族"，但是自身依然闪耀着青春的色彩，也正如巴金所写的"永生在青春的原野"，毅然决然地走出华丽的家族，只身一人来到举目无亲的东京。

真正的名门出身，其实对名不屑一顾，甚至憎恶，杜海玲毅然选择离开华丽家族，必然有所失，但是更多的是获得真正的自我。

现在美国人才开始崇尚那句日本人的人生经典"生き甲斐（生存的意义）"，人家杜海玲在少女时代就选择了自己的"生き甲斐"，所以让我们能遇到这么令人感动的珠玉篇章。

如果说《走在山间的小路上》是反映中国十年暴风雨里的清纯美丽的童话，那么《香江旧事》可以说是半个世纪中国投影在杜海玲华丽家族上的天翻地覆的变迁与错过。她那小小心灵不得不承受一时价值观不同而造成的血脉误会与近亲相离；她那无邪的少女心灵与天生的高贵，使她毅然抛弃被保证的辉煌的前途。当然她现在也很亮丽辉煌。

杜海玲笔下那波澜壮阔的历史画卷，那爱不得又恨不得的华丽家族的浓浓血脉情与凄凄骨肉情，没有一丝显耀的、淡淡如水、清清如晨曦的笔调，反而使我热血沸腾，巴不得立刻抓住作者叙个究竟！

好的作者，就如偶像，光读他的书，还不够，还想着要见面。我见到杜海玲的那一刻，竟然不觉是初次见面，倒像是多年的朋友。第一印象是，杜海玲的眼睛与她外祖父的眼睛神似，轮廓美丽、雕刻般的双眼皮下，眼神从容淡定，有一种静默的诗意，那是因为她经历太多，反而有一种静默的美。

看到杜海玲那漂亮的大眼睛，我眼前居然浮现出她书中华丽家族的故事。我不禁想到人间最暖心和最撕裂的都是亲情。杜海玲在少女时代从中国内地到中国香港，再到日本东京的两次迁移中，目睹了一个家族的离别与团聚，杜海玲哀婉的、客观的笔触，令人难忘。

她最终走出华丽的家族后，创出自己的天地，不仅自己事业有成，而且把三个孩子都培养得令人刮目相看：两个儿子毕业于东京大学；女儿礼美是艺术创作者，以Limeism的名字开展音乐活动。礼美出色地继承了外曾祖父罗维先生的艺术细胞，活跃在自己喜爱的艺术创作中，是日本少有的双语三项全能艺术创作者——她双语作词、作曲，兼做歌手，令人期待！

我觉得杜海玲笔下的华丽家族很贴近我们这一代，过于残酷的浪漫，大时代的故事，所以我期待杜海玲以三个不同的地方——中国内地、中国香港，以及世界最繁华的城市之一日本东京为背景，描述她的童年、少女时代及现在作为作家、日本最大中文媒体《中文导报》主任记者、资深编辑、双语主持人等的故事，写出她的非虚构华丽家族史，用她的文学创作证实丧失的必能得到更多的自我，证实走出华丽家族的她，更有属于她的自我价值的人生。

作家风格

知道陈希我，是在2006年；读陈希我小说是从2009年开始的；与陈希我见面是2017年。这中间横跨11年，纵横两国、两市。契机很牛哟，是因为陈希我的图书的责任编辑、花城出版社首席编辑林宋瑜，2017年1月居然也成为我的图书的责任编辑。

2006年，我还不会电脑，我们东京公司一个来自中国台湾的文学青年在午休时对我说："您肯定喜欢这个作家。"然后把他正在看的日本中文网指给我看，那是陈希我的小说《抓痒》繁体版自序。我那时候比较在乎的是别人出于好意，叫我看，我必须看，就认真地看了。小青年死死盯住我的脸，大概他想听我说"喜欢"两个字吧。我看完认真地对他说："是不是有点灰暗呢？"灰暗这个词，是中性偏贬义的委婉讲法，小青年若有所失地说："哦，也许。"这是一种含混不清、似是而非的肯定，当然他只是针对我的回答。

时隔三年，2009年，我开始学电脑，再次打开那个中文网，也在那个网发表些小文章。于是陈希我这个名字再次跳进眼帘，我很自然地开始随意看起陈希我的小说。

这一看，就一发而不可收，陈希我的小说有一种令人想拒绝，同时却让你不断翻页的魔性。左脑说：太不堪入眼；右脑说：反正都看了，就看完吧。左脑又说：糟糕，今天要睡不着了；右脑说：脑袋不思考也不行，干脆动动再说。

呵呵，这一动脑，把我沉睡的脑细胞激活了。我一直试着站在陈希我的位置，想理解他。因为他的作家风格，是我至今看到的中国作家中独一无二的。他，太率真了，率真到令人瞠目结舌。

那是读陈希我的《我爱我妈》时的第一个反应。再读时，感动于作家这样豁出去，把人间最刻骨铭心的痛和绝望，用最忌讳的形式表达出来，这在日语中被称为"度胸"。"度胸"一般中文翻译成"胆量""勇气"，总觉得不到位；我想形容陈希我，应该翻译成"气度"！

对，这样的作家，是有气度的作家，这就是陈希我的作家风格。

敢揭"痛"，敢问"痛"，敢直视"痛"，这是需要"气度"的啊。

"颂"歌易唱，"痛"歌难吟；光明好求，黑暗难探。

不知不觉中，我成为陈希我的粉丝。

2017年5月20日，花城出版社在榕城举办我的《三代东瀛物语》新书分享会。前一天，花城出版社编审林宋瑜博士与陈希我在微信上偶然说到我的名字，非常幸运，陈希我应林宋瑜老师之邀，愿意与我们见个面。就这样，我终于见到陈希我。

因为看惯了他的标签，一副"横眉冷对千夫指"的形象已经定格在我的脑海，没想到，出现在眼前的，不仅和"横眉冷对"搭不上边，简直可以说是儒雅有加的谦谦君子。

一头看似没有刻意打理的天然卷发，潇洒地盖住两耳；令人怀疑修过的眉毛，横跨在聪慧有神的眼上；恰到好处的微笑，和蔼可亲。对我来说，那天在我旁边，分明坐着的是一位美少年啊，那个咄咄逼人的陈希我哪里去了？

实话说，这样颜值的男性作家，在日本是非常稀少的，在中国这个作家大国也意外地不多。

这种突如其来的现实中的形象，与想象中的形象之间的落差，随着交谈的深入越来越大，甚至大到困惑。与其说陈希我的标签与真实的人给我的印象完全不一样，还不如说陈希我的谈吐更使我颠覆了对他的印象，这到底是作家的文字真实，还是作家的为人真实？

如果硬要用两句话来总结我对陈希我的印象的话，我想说：真实的陈希我充满人情味，文字里的陈希我充满火药味。

究竟是怎么样的火药味，我引用一下评论家李敬泽在陈希我的《我疼》一书的《序》里所说的话，保证你都闻到陈希我的火药味了。李敬泽是这样写的：

陈希我会让人想起鲁迅，那种阴郁深黑的气质，当然，可能并非偶然，他和鲁迅一样，都有日本生活的背景。我读陈的小说，常想起鲁的《女吊》，他们都执念于"鬼"，而且是"厉鬼"。

那些鬼，他们隐身于我们的意识之外，在我们的生活尺度之外，他们永远不会在白天出现，但是，在深夜里，他们猝不及防地显形，他们紧握夜的真理，全面地颠覆心安理得的白昼。

鲁的"女吊"是复仇者，申冤在我，我必报应。这样的复仇实为审判。陈希我的小说里也隐藏着一个"审判官"——他的小说如同一次次审判，那些"鬼"，被从皮袍下、西装下榨取出来，拧干了汁液，荒谬残破地摊在被告席上。

日本有媒体把陈希我比作中国的太宰治，中国有评论家把陈希我比作中国的卡夫卡，也有学者认为陈希我就是现代版的陀思妥耶夫斯基。

究竟哪个是真实的陈希我，只有陈希我知道，我宁可抱着这个谜团去读他的书，或许更有意思。

读懂芥川龙之介花了四十二年

我第一次读芥川龙之介的《罗生门》，是四十二年前的1980年，在厦门大学念大三时，外教森秀雄老师为我们开的日本文学课堂上，用的是日语原著《竹林中》（『藪の中』）。

经森秀雄老师介绍，知道《罗生门》这个名字，其实是芥川龙之介1914年2月（时22岁，大二学生）发表的另一篇短篇小说的名字，1950年日本著名电影导演黑泽明将《竹林中》搬上银幕，并把电影片名改为《罗生门》（以下《竹林中》都用《罗生门》这个名字，以免混乱）。历史证明，将芥川龙之介的两篇小说"张冠李戴"，是东洋鬼才黑泽明的匠心之笔，从此，世界诞生了"罗生门"这个新名词，人们把各说其词且能自圆其说，使事件坠入谜团的案件称为"罗生门"。

实话实说，第一次阅读《罗生门》，一方面以当时的日语水平还不能理解这样的经典，另一方面以前我接触的文学和电影，都是"非黑即白"的价值观，所以当时作为一个故事来读，我完全不理解《罗生门》的精华之处，甚至觉得有点恶心。

第二次读《罗生门》是1986年，留学日本早稻田大学语学研究院第三年。文学教授冈田老师授课独出心裁，他自己不讲解，在前一堂课结束前布置我们预习，让我们自己从小说三位主要当事人——武士金泽武弘、其妻真砂、盗人多襄丸中挑选一个角色，下一节课进行虚拟小型剧场，同学们轮流朗读，即让我们投入情节，演一个当事者。老师特地交代，预习时要揣摩故事中证人的心理，以期朗诵时达到绘声绘色的效果。

这个功课令人紧张。在预习时，我注意到这篇短短的小说中一共有七个证人登场，竟然没有一句相同的证词，也没有一句义正词严的控诉，更没有一个把自己树立成一清二白的人物，甚至三位主要当事人都"自曝"杀人犯就是自己。武士借魂魄附体说自己被盗人在妻子面前羞辱，又遭妻子背叛，无颜于世，自杀身亡；盗人称为得真砂，堂堂正正地和武士进行了二十三回合的决斗，将其杀死；而真砂说自己被玷污后，受不了丈夫的冷眼，杀掉丈夫，自己也想死却死不成。

有意思的是，选择充当哪个角色来朗读，还真难倒我了，因为我无法选择，每个角色我都不喜欢。为什么不喜欢？说穿了是因为《罗生门》里每个角色都直指人性之恶，那么尖锐，那么龌龊，那么赤裸裸，也就是无形中将我们每个人人性底色中存在的恶凸显出来，所以我们潜意识中会抵触。

人，越是逼真，越是不敢触及，结果没有一个同学选择当真砂的角色，最终老师也不强迫，老师自己当了真砂。

我至今记得最初举手朗读的两位男生和老师都仿佛被角色灵魂附体，一改平时温和的表情，变得"凶相毕露"，可见芥川文学的力度，可抵达人的内心深处，竟能使舞台素人把小说中的人物性格渗透到自己的朗读中，甚至连表情也丰富起来。

这个文学课体验，使我发现芥川龙之介的代表作《罗生门》，与其他几位日本近代文学家的代表作，如樋口一叶的《十三夜》、尾崎红叶的《金色夜叉》、夏目漱石的《我是猫》、谷崎润一郎的《春琴抄》、森鸥外的《舞姬》相比较，依然独具一格。他不像森鸥外、夏目漱石曾在西方留学，将日本传统文化与近代西欧文学糅合，构建自己"和魂洋才"的文学世界；芥川龙之介仅有短短35年的生命，还来不及走出国门，这使他的文学持有相对纯的日本传统价值观。

在芥川龙之介的文学世界里，没有英雄，也没有狗熊；没有黑，也没有白。芥川龙之介用他灰色的脑细胞，描绘出人世间最真实的颜色——灰色，颠覆当时的文学作品套路。我们知道《福尔摩斯探案集》是世界侦探小说的经典，福尔摩斯的故事合情合理地满足读者猎奇和情节焦虑，每个故事都有曲折但令人折服的结局，即凶手不管怎么巧妙伪装，最后都被挖出来，受到应有的惩罚。可是，芥川龙之介的《罗生门》，三个当事人居然都说凶手是自己不是别人。这样一来，侦探推理事件时就可以推理出三个"真相"，每个真相都能自圆其说，合情合理。福尔摩斯的故事，真相只有一个；《罗生门》小说中，不同立场的"真相"有三个，这就让读者陷入深深的思索：到底有没有真相？自己的推理是不是错了？

不难看出，芥川龙之介在作为文学家之前，首先是一位伟大的思想家和创新者。

芥川龙之介也不是只揭露人性之恶，他也崇尚人性之善之美。他的短篇小说《阿富的贞操》可以说是这方面的代表作。

《阿富的贞操》虽然极短，却浓缩了日本文化中人性的复杂与善，非常出色地呈现芥川龙之介式的灰色地带中的明亮之光。

小说从一个乞食者潜入战争前夕一片混乱时的空巢开始，在那里躲雨的乞食者与空巢里孤独的小花猫说着话，突然雨中跑进一位美丽的少女，原来是这家的女佣阿富，阿富回来替主人找忘记带走的小花猫。乞食者面对被大雨淋透、浑身透露出青春性感的少女，突然从一个貌似可怜巴巴的乞食者遽变为强暴者，企图对阿富性侵。这时呈现在读者面前的是，在幽暗的空巢里，小花猫、阿富、乞食者三者互相观察。读者对接下来的场面忧心忡忡，料想小花猫将见证一场人间的丑恶。乞食者拿枪对准了小花猫，以小花猫为要挟，让少女阿富从两个苛刻的选项中选择一项：牺牲小花猫或者放过小花猫，牺牲自己的贞操。

这时，不仅是乞食者，连读者也大吃一惊，阿富竟选择牺牲自己的贞操。在一只小动物的命与那个时代如同生命一样宝贵的贞操之间，阿富选择了牺牲自己，甚至自己宽衣解带，躺到榻榻米上。这已经是不可想象的事情。但是，芥川龙之介的"罗生门精神"进一步颠覆阿富及读者的预想——强暴者改弦易辙,不仅放过小花猫,也放过阿富,碰都没有碰阿富一根手指。

芥川龙之介留给读者一个谜:这个故事究竟是阿富感动了乞食者,还是乞食者感动了阿富?

这时,雨停了,在渐渐亮起来的空巢里,无辜的小花猫一如既往地睁着美丽的绿色大眼睛一视同仁地看着阿富和乞食者。这充满寓意的一笔,久久地停留在我的心中。在此读者从故事情节中解放出来,体会失而复得和良心发现的快感。

就在读者意犹未尽之时,芥川龙之介笔锋一转,只花几行文字描写了22年以后,阿富与昔日的乞食者在博览会开幕式的人群中不期而遇的情景。阿富手牵孩子,跟随在钟表店老板丈夫身边,昔日的乞食者裹着一袭庄严的官服,坐在高头大马的华贵马车中。有那么一瞬间,两人的眼睛对视上,彼此露出看不见的微笑,倏然间擦肩远去。

也许他们在22年前的那个雨夜,不期然而然地通过自我净化,得到升华,分别走上光明大道。芥川龙之介的小说告诉读者,世界上任何事情都没有标准答案,自然每个读者都有自己对阿富和昔日乞食者的解读。

作为一位出色的作家,芥川龙之介的成功在于他不断挑战读者的智商与情商,让读者体验接踵而来的意外并陷入深思。他的思想不为世俗左右,展现出人性的多样性、复杂性,也展示了日本文化的包容性与多元化。

我第三次读芥川龙之介是在坚持写作20年后,想把写作当成余生"职业"时，将芥川龙之介一生的主要代表作读了一遍，看见了以前看不见的东西。

我发现芥川龙之介短暂而多产的作家生涯中，其作品中文体和风格有很大的不同。

虽然芥川龙之介的写作生涯不长，从1912年二十岁时创作完成处女作《老年》（1914年发表）至1927年35岁遗作小说《某阿呆的一生》及随笔《西方的人》止，一共15年，但属于多产作家，光小说就发表了150篇。他的写作可以分为三种类型的风格。

第一种类型属于"古为今用"型，善于化用日本的《今昔物语集》、中国的《聊斋志异》等故事，代入自己的思考和语言，深刻揭露人性黑暗，代表作是《罗生门》《蜘蛛之丝》。鲁迅曾经给予高度评价说："取古代的事实，注进新的生命去，便与现代人生出干系来。"

芥川龙之介"古为今用"的文学语言一扫日文固有的啰唆、暧昧、累赘，呈现简洁、敏锐、凄美、悲壮，又不失优雅气度，句子虽短，寓意深远，独树一帜。这样的文体在使用汉字的中国、日本、韩国都不罕见，例如中国作家汪曾祺也重写过《聊斋志异》里的《双灯》，朝鲜作家金万重的《九云梦》源自司马相如《子虚赋》。

第二种类型，可以说是芥川龙之介的纯文学创作精髓，呈现艺术至上的思想，代表作是《地狱变》。我个人觉得芥川1918年发表的《地狱变》与后来卡夫卡1922年发表的《饥饿艺术家》异曲同工，同样描写追求崇高的艺术至上。主人公都为了自己的艺

人间幸不幸

术创作，不惜以生命为代价。特别是芥川的《地狱变》主人公良秀为了完成自己梦寐以求的屏风画作《地狱变》，不惜以自己的爱女作为模特儿，将捆绑在牛车上的女儿的痛苦挣扎画入屏风，一幅震惊世人的"地狱变"屏风完成的同时，良秀也随牺牲了的爱女自尽。为了追求艺术的至高境界，抛弃世俗的亲情和人道。固然，小说引起日本社会的褒贬之争，不过从文学史角度来看，大概很难再出现如此鬼气逼人的纯文学小说了。

第三种类型芥川龙之介后期创作的私小说，代表作有《河童》《齿轮》《某阿呆的一生》。芥川龙之介童年时被寄养在舅舅家，因为母亲有精神疾病，从小体会的母爱与常人不一样，对女性有一种既怀疑又眷恋的复杂心理；他年少成名，加上他自带一种日本女性特别喜欢的飘逸、神秘的氛围，所以，在他成名后艳遇不断，甚至与有夫之妇生下孩子。为此，芥川把他的苦闷、羞耻、彷徨，写进私小说，倾泻自己的境遇。

特别是芥川龙之介自杀前夕写下的私小说《某阿呆的一生》，几乎是在吐露自杀前的情绪，不同于之前文风犀利、悬念一个扣一个娓娓道来的日本物语风格，而是用51篇短篇按顺序写下自己一生如梦如幻的心相风景：从蜷缩在患有精神疾病的母亲怀中，到结婚、生子，女性问题，自身是否迟早逃不脱精神疾病基因，以及最后姐夫的自杀，为替姐夫还债疲于奔命，生活一地鸡毛。最终第51篇题目叫《败北》，仿佛暗示自己将随风而去，竟留下遗作走向不归之路。

其中震惊文坛的有下面这句典型的私小说写实：

狂人之女一边抽着卷烟，一边妩媚地对他说："那孩子不是很像你吗？"

据考证，芥川笔下的这位"狂人之女"就是有夫之妇秀茂子夫人。1921年秀茂子夫人诞下一男婴，长得很像芥川，令芥川苦恼而不知所措。

芥川龙之介以自己的生命最后一息，为世人留下如同遗嘱亦如同忏悔的私小说遗作。虽然日本的私小说早已在1907年由田山花袋以《棉被》为首创而广为话题，但是年轻、俊朗、前途灿烂的芥川龙之介后期的这些私小说，强烈地冲击了日本年轻作家，最有代表性的就是醉心于芥川龙之介的太宰治。

太宰治追随芥川龙之介，在私小说领域达到高峰，甚至连最后自杀也被视为大有与偶像芥川龙之介共赴黄泉之疑。太宰治自杀是否追随芥川龙之介，我们不好下结论，但是在日本私小说领域，可以说田山为鼻祖，芥川推动发展，太宰达高峰，从而使日本私小说在世界文坛上占据一个不可动摇的地位。

著名文学评论家柄谷行人曾在《日本现代文学的起源》中提及芥川龙之介与"私小说"。他说：

重要的并非芥川龙之介对第一次世界大战后日本文学动向的敏感，也不在其有意识地创作那般"私小说"，重要的是芥川把西欧的动向与日本"私小说式的作品"结合在一起，使此类"私小说式的作品"作为走向世界最前端的形式具有了意义。

天边的八重樱

今年（2022年），是夫君元山俊美驾鹤西去二十载之年，家中朝南的阳台上，他留下的盆栽花卉依然郁郁葱葱，竞相争艳。

山茶花刚刚褪去它高洁孤傲的深沉红；杜鹃花就骄傲地绽放出它充满喜悦的嫩粉红；旁边木香蔷薇也争先恐后地露出它娇小清纯的淡黄花蕾。看着它们，夫君生前精心栽培呵护的情景历历在目。

可是我最在意的并不是这些近在咫尺的盆栽，而是远在天边的一片八重樱，它们是夫君临终前两年的2000年3月12日中国植树节时，捐赠给中国湖南省祁阳县文明铺的200棵日本八重樱。

湖南是元山俊美一生心系的地方，穿越时空，漫过流年的烟雨，追溯到他19岁那一年。1940年初，元山俊美被日本政府强制征兵送到中国战场，所幸最初被分配在东北铁道兵团，侥幸躲过一线战场。虽置身于侵略军，受日本军国主义洗脑，但他用自己年轻的眼睛目睹日本军队在中国的罪行，日益怀疑日军，有了自己对战争的思考。1945年初，已经服役5年的元山俊美被送到湖南战场。因元山俊美那时候算个小知识分子，被分配到后方记录战时状况，再次侥幸逃过前线。

元山俊美因有了自己的思考，对待中国老百姓有别于其他日本兵，当地老百姓也看在眼里。在一次船上运输时遇到游击队，湖南船老大让元山躲到甲板底下，捡回一条小命。中国人民的善良让元山感动不已。之后元山被派去看守中国游击队嫌疑人员时，元山悄悄放走了他们，还一起干杯喝了一碗老酒，结下战地里的友谊。元山俊美在湖南完成了思想觉悟上的转变，萌生反战思想，虽身着日本军装，心里却不愿与中国人民为敌，因此，他视湖南为他的重生之地。

1945年8月日本投降，元山被遣送回国。虽然在中国元山俊美本人身上没有血债，但是他一生愧疚于那身为侵略军一员的日日夜夜，回日本后的64年中，元山俊美一直在日本组织、参与各种反战活动。天命之年时，元山俊美因长期参与反战活动而受到处分，被开除当时所在的日本国铁公务员职务。之后元山俊美干脆变成反战"专业户"，积极参加揭露731部队罪行的宣传活动，自掏腰包与有志之士一起帮助日本战争孤儿的中国养父母来日本与孩子相聚等。

2000年，恰逢元山俊美离开中国55年之际，他以耄耋之年，不远万里又一次来到让他重获新生的湖南，不过这次他带来的不是侵略者的刺刀，而是象征着和平的200棵日本八重樱。（元山俊美的故事详见《他和我的东瀛物语——一个日本侵华老兵遗孀的回忆录》，花城出版社2019年出版）

那天，2000年3月12日，正值中国的植树节，在昔日战场湖南文明铺，元山俊美与当年日本籍八路军护士山边悠喜子女士，及从日本一起来的战友铃木真一先生、高桥佳纪先生，中国翻译唐辛子女士，与文明铺的中学生们一起种下从日本带来的200棵八重樱。

当天湖南的报纸记者拍摄下元山俊美在樱花树下热泪盈眶的镜头。有时候，一个人的忏悔，是不必长篇大论的，只要真诚的眼神，一切尽在不言中。

右下角元山俊美热泪盈眶，左三为翻译唐辛子

当天很多群众原来抱着对昔日的鬼子兵的憎恶与仇恨，来到捐赠樱花现场，但是，看到元山俊美真诚的举动、热泪盈眶的态度，也给予了宽恕与支持。

当天晚上，元山俊美在文明铺下榻，在他随身携带的日记本里含泪写下了一首诗。我把诗翻译如下：

文明铺的樱花树

一生惦记着一个地方，
那里并没有恋人等待，
却牵系着我无尽思念。
那是中国湖南祁阳乡下，
是陆地的孤岛"文明铺"。
想起半个世纪前那天，
侵略战争把我从故乡运来。
星空下飘荡隐隐的稻香，
青蛙的叫声却戛然而止，
文明铺震撼在枪林弹雨中。
半个世纪后重访"文明铺"，
这次不是带着刺刀，
而是带着樱花树啊。
人未到，泪先流。
对不起您，文明铺，
谢谢您，文明铺。

回想夫君的晚年，没有给我留下关于身边琐事的遗嘱，而是反复语重心长地留下对这

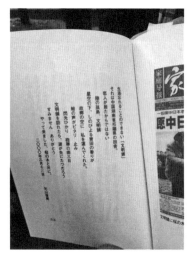

元山俊美自传《文明铺的樱花树》

206

片远在天边的八重樱的遗言。他说："我离开这个世界以后，你一定要在樱花盛开的季节，代我去看看2000年种植在昔日战场湖南文明铺的八重樱。"

樱花与元山俊美自传，林宋瑜摄

2016年3月30日，我有幸在中国花城出版社林宋瑜老师和揭莉琳老师的带领下，与当时《南方都市报》湖南站记者宋凯欣先生，及2000年与元山俊美一起栽种200棵樱花树的三位日本朋友铃木真一先生、高桥佳纪先生、唐辛子女士一起来到湖南文明铺，看望那片八重樱。

那是我第一次与夫君生前栽种的八重樱面对面。我无比激动地看到，元山俊美当年栽种的一米七高的小樱花树，已经长成参天大树，成为一片壮观的八重樱树林，开满沉甸甸的八重樱花。满树粉红色的樱花瓣，争相对着我们微笑，一瓣瓣、一朵朵、一片片，那么温柔、那么亲切、那么可人。

花城出版社的林宋瑜老师把元山俊美临终前写下的自传《文明铺的樱花树》高高举起，与八重樱重叠，摄下一张珍贵的照片，令我感动得泪流满面。

八重樱属于晚樱，花期在清明之际，我这几天一直心系天边那片八重樱，是否在湖南已经开放出文雅、温柔、亮丽的八层重重叠叠的花儿呢？

前年（2020年）我和元山俊美的两位朋友约好，在元山俊美种植20周年的春天，去看望那片八重樱，但是2020年4月疫情严重，2021年新冠病毒竟变异再次肆虐，终究没能实现。今年，没想到疫情再次卷土重来，我们的计划又再次落空，真可谓天有不测风云啊。

因为疫情，所有的跨境活动戛然而止，但是大自然依然在装点大地。祈愿明年清明节疫情一定消失殆尽，我将约2016年3月30日一起到文明铺的花城出版社编辑们、元山俊美的日本战友们、当年的翻译唐辛子，再次去看那天边的八重樱。

啊，天边的八重樱，请你们耐心地等我们！

抗战剧《爱国者》里的哲学命题

旅居日本30多年来，因为学习、工作紧张，即使进入互联网时代，也很少追影视剧。这次被朋友圈的康丁老师文字打动，看了《爱国者》，一发而不可收，还真加入了追剧粉丝团。

如果用两个字来表达观后感，我的脑中爆出"震撼"这两个字。

一

其中最"震撼"的是第40集，汉奸邵熠辉发疯这段，居然看着看着我眼泪都流出来了。我知道这眼泪是有理由的，是看到这个人，在灵魂没有归宿时万念俱灰的悲哀和绝望。世界上最悲哀的事情，就是找不到"自我认同感"。

邵熠辉以为凭他受到的日本"正统"教育，凭他操着日本人式的日语，凭他杀中国人不眨眼，他自以为与日本侵略军理所当然是一家人，一厢情愿地认为岸谷与他"身份认同"了，但并不是这样。他在岸谷这边和中国人那边都找不到，也不可能找到"身份认同"。于是他崩溃了，疯了。

邵熠辉不论是自觉或者不自觉，当他在日本侵略军群体里，没有自我认同感时，他也就没有归属感，他不属于中国人，也不属于日本人，所以他陷入一种灵魂没有归宿的茫然境地。这个戏把这种灵魂没有归宿的茫然演得淋漓尽致，每句对话都刻骨铭心。邵熠辉的表情既有自命不凡，又有玩世不恭，更有万念俱灰的绝望感，太逼真了。对我来说他是这部电视剧最棒的演员，评分五颗星！

我觉得与这段情节相呼应的是老耿这段戏。一个双眼只盯着自家小母鸡和小白兔的纯朴的农民，何以在一夜之间变成顶天立地的英雄好汉？这也就是他与汉奸邵熠辉正相反的地方。

耿老乡在抗联里找到了"身份认同"，找到了归属感，这种精神支柱令他知道什么是最值得的。如果没有前面邵熠辉的万念俱灰的剧情，耿老乡的戏剧化惊变也许显得唐突；但是，因为有了前面的那出戏，耿老乡的戏就令人信服与感动。

"自我认同感"，不论在战争年代还是在和平时期，都与每个人息息相关。抗战片很少开启这个哲学和心理学命题，《爱国者》在这方面显然是一个先锋，也是战争片中开启思想、哲学领域的先锋。

我丈夫是一个侵华老兵，不满20岁时被强征到哈尔滨，作为

人间幸不幸

日本铁道兵参加那场战争。他曾经说过，他们这些士兵每天都盼望回家，因为这块土地不属于他们，为什么让他们在别人的土地上做自己不愿意做的事情？所以当我看到尾声，对着岸谷哭喊着想回家的日本年轻士兵时，就想起我丈夫的这些话。

《爱国者》真实地反映了那些异国士兵，非常难得。这种真实才是对侵略罪行最痛切的声讨。可惜我丈夫已经不在，不然，他一定痛哭流涕地看。

我写了一本我丈夫在中国五年战争岁月的回忆录，已经由花城出版社出版了，名叫《他和我的东瀛物语——一个日本侵华老兵遗孀的回忆录》。

因为我是侵华战争老兵遗孀，也是书写那场战争的写作者，这双重身份使我怀着与别人不一样的角度来观看《爱国者》，感谢《爱国者》给我的震撼！

二

另一个令我震撼的是男主颜红光。有这样几个地方完全颠覆了我对中国抗日剧的印象，不禁拍案叫绝。

男主宋烟桥，把自己的名字改成已经牺牲的抗日英雄颜红光的名字，在延续一个抗日英雄的英名的同时，发射出对

《爱国者》主角宋烟桥（颜红光）

敌人的无比威慑力。

我不知道编剧们是否事先研究过日本人，编剧们还真的是抓住了日本人的心理要素。

日本人对下层人员是不在乎的，他们在乎的是精锐的权威精英。颜红光的英名给了岸谷一个强悍的威慑，岸谷也不是省油的灯，他也把颜红光视为自己的最大目标，发誓以自己的生命为代价也要拿下这个目标。这个剧情非常符合历史，我认为这是一个贯穿全剧情的成功的链条。

颜红光作为一个战地的军事指挥官，非常人性化。他不是盲目地采用人海战术，无谓地牺牲部下的生命，而是根据形势，尽量保护年轻战士，甚至在关键时刻下了几次撤退命令，非常感人。

残酷的战场上，只有珍惜生命，才是好的指挥官。这样的编剧反而留给我们观众对和平无比的想象和憧憬，这其实是战争片最难达到的，《爱国者》做到了。

最后一集，我相信所有观众都跟我一样，知道颜红光已经快与我们永别了，但是我自己设想了好几个牺牲镜头，都远远不及《爱国者》编剧们的境界——《爱国者》颜红光的临终镜头竟然是"站着死"。而且与随之而来的叛徒程斌失神猝然跪倒在颜红光面前的镜头，构成了史诗般的壮丽图景。没有口号，没有杀声连天，然而，此处无声胜有声：中国人宁可站着死，不愿跪着活！

最后日本军官岸谷面对颜红光站着的威武遗体，情不自禁仰天而泣，更是一种鬼泣精魄的设计！

现实中，日本人骨子里头是敬佩英雄的，即使是他们的对手，只要是真正的英雄，他们也视为神。

很多朋友问我，为什么日本军官岸谷会在中国抗日英雄的遗体前哭泣？

我毫不犹豫地回答：因为岸谷在肉体上貌似战胜了颜红光，其实岸谷比谁都清楚，颜红光在道义、灵魂、精神上都远远战胜了他。

颜红光这一站着死的镜头，在纪念七七事变之际，显示出他永不褪色的光芒。

（本文首发"观察者网"2018年7月7日。原题目是《我丈夫是侵华老兵，他如果看到〈爱国者〉一定会痛哭流涕》。）

幸子太太的战争十字架

在我们短暂的一生中，有一种人，当你第一次见到他时，只因为一句话就互相吸引，并注定与之成为终生互相牵挂的人。这种人不在乎男女，更不在乎年龄，这种介于亲情和爱情之间的感情，也是可遇不可求的。

在日本我就有一位这样互相牵挂的人，那是缘于一个偶然。

8年前的11月的一天，我到一家客户公司洽谈，去的时候天气很好，可是傍晚回来时天气突然转阴。待我从东京新宿车站要转地铁时，天上陡然降下大雨。我在车站出口的小卖店想买把雨伞，可是不巧，这场突如其来的雨让伞骤然畅销，我在被店员告知雨伞已卖完的时候，只得无奈地摇摇头。

我看了看手机，已经晚上8点了，再看这场雨似乎还没有收场的迹象，于是想干脆找一家餐馆避避雨，顺便用一下晚餐。想到

✿ 人间幸不幸

这里，我就拐到与新宿车站地下通道相连的地上饮食街。

东京的各个车站附近几乎都可以找到这种从车站可以直达、淋不到雨的饮食街，似乎就是为了方便像我这样忘记预备雨伞的粗心人。这种饮食街的人行道上有篷，所以行人不会淋到雨。在人行道的一侧，各种小餐馆一家紧挨一家，差不多有三四十家排列在一起，有的是独门独户二层餐馆，有的是一楼和二楼分别开两家餐馆，也有的居于商业楼层里。为了避免恶性价格竞争，通常是不同料理的餐馆挨在一起，各有特色，顾客可以根据自己的爱好找到自己的"饭桌"。

我在人行道上走着，心不在焉地看一家一家的餐馆，有牛排屋，有意大利餐厅，有寿司店，有中华料理楼，有烤鸡串店，有居酒屋，看着看着不觉走到了这条饮食街尽头处。这时忽然一家挂着一个红灯笼的二层楼小餐馆的招牌映入我的眼帘，招牌上写着"蛤蜊割烹小料理"，门楣上方挂着一块风蚀雨剥了的古朴无漆的原木招牌，上面写着"幸子屋"三个大字，倒还颇为醒目。

说实话，蛤蜊在日本一般是上不了大雅之堂的，因为蛤蜊是比较便宜的大众家庭用的食材。不过近年来，日本流行起家庭料理，蛤蜊料理也重新受到人们的青睐。更重要的是，这个招牌也告诉我这家料理店的老板是一位女性，作为单身女性，我感觉比较容易跨进这家店的门槛。我想："蛤蜊既清淡，又有美容的功效，再者是女老板开的店，我且不妨试一试蛤蜊的味道。"

于是我掀起悬挂在餐馆门口画着两个大蛤蜊图案的靛蓝色装饰门帘，耳边立即轻轻飘进温柔可亲的女性声音"欢迎光临"。

只见一位慈眉善目的老太太，穿着一件纵条纹图案的和服。和服的底色是藏青，纵条纹是酱色和茄紫色，一种古朴香暖的颜色搭配，凸显出这位老太太的品位。她好像知道有人会来一样，立在门边鞠躬，对我微笑着，我想这位老太太一定就是这家店的女主人了。

这是一座两层的日式小木楼，一进门，玄关旁有一排无漆有盖的小方格子，是用来给客人放鞋的；前厅的左手边，是一个擦得锃亮的无漆原木小吧台，只有5个客人的座位；前厅的右手边，是高出地板50厘米的高台，高台上铺着榻榻米，榻榻米上摆着3张矮脚的无漆原木大方桌子。老一代的日本人似乎特别喜欢和欣赏这种无漆原木的家具，他们认为涂了漆的家具就失去了树木的本色。前厅后面有一个看起来很窄的楼梯，后来才知道楼上还有两间榻榻米客室，供人数较多的宴会用的。

榻榻米靠里面的墙壁上，有一个特意装修的凹形壁龛，壁龛的墙上左右对称地挂着两个画轴，左边那个画轴上写着日本俳句名师一茶先生的俳句（俳句是用17个日文音节组成的短诗）："蛤の芥をはかする月夜かな（明月夜，水中蛤贝勤吐沙，粒粒亮晶晶）"，右边那个画轴上写着我不知道作者名的俳句："帆の立ちしごとく蛤焼き"（春烤蛤，蛤盖分离露白姿，恰似千帆启）。这两幅俳句画轴，使这家小小的料理店显出不俗的雅趣。

前厅小吧台的五个位子，已经坐了四位客人，看上去像是下了班的公司职员，在那里饮酒聊天；前厅榻榻米上的三张大方桌中，也有两张已坐满了客人，看样子也是下了班的公司职员，还打着领带。

我看到这个情况，就准备挤在小吧台的最后一个靠墙角的座位，这时女店主亲切地过来招呼我说："客人，这边窄，您请上榻榻米那边坐吧。"

我心想自己只是一个人，占据剩下的那张大方桌不太合适，就说："我只一个人……"

女店主好像已经知道我的心思，笑着回答说："我们小店，女性客人坐上座哟。"

我很高兴于女店主对我的特别优待，稍稍躬腰说："那我就不客气了。"

我脱下高跟鞋，登上高台，坐在榻榻米上的矮脚大方桌前。一个打工学生模样的日本女孩子跑过来对我说："请允许我把您的鞋收到玄关边的鞋柜里吧，请您在我们小店时用这双拖鞋。"说着，她把一双棉拖鞋放到榻榻米下面。

我拿起放在桌上的菜单，点了一个小铁锅烧蛤蜊、一个蛤蜊青菜汤，以及一碗蛤蜊烩饭。在料理上来之前，我又起了喝一盅酒的兴致。我对红酒比较熟悉一些，可是这种纯日本料理配红酒不太合适，应该配日本清酒才好，但我不太熟悉蛤蜊料理配什么日本清酒好，于是我请教女店主，什么牌子的日本清酒比较适合蛤蜊料理。女店主拿来酒单，一边微笑着一边自我介绍："我姓长谷川，名叫幸子，请客人就叫我幸子吧。"

幸子太太接着不厌其烦地娓娓道来："我们店的蛤蜊料理相对比较清淡，所以我们常备了烤鱼翅清酒（把河豚鱼翅放在火上烤，然后再放进温热的日本清酒里），这种清酒与清淡的料理一起享用，一方面暖胃，一方面可以慢慢欣赏烤鱼翅的浓厚的矶香味（海岩石、海潮的味道）。"

我以前在别的高级日本料理店喝过烤鱼翅清酒，没想到这家门面朴实的小餐馆也有这种特别的清酒，于是我高兴地说："听幸子太太的介绍，我已经忍不住啦，好几天没有喝到美酒了，那就拜托您给我一套烤鱼翅清酒吧！"

幸子太太听了我的话马上说："看来客人您喝过烤鱼翅清酒，您说要'一套'，我就知道您是内行了。请您稍等，我马上就去准备。"

说完，幸子太太轻盈地迈开日本女性特有的内八字小碎步进去准备了。我望着幸子太太优美的步履，不禁想："幸子太太是属于那种看不出年龄的女人啊！"

过了一会儿，幸子太太亲自端来一个无漆托盘，托盘上面放着一个小碟子，里头摆着烤得黄澄澄的一小块鱼翅，旁边是一个矮瓷钵，里头盛着熏制的蛤蜊肉小菜，中间立着一小壶刚刚烫好的日本清酒，还配有一只与那一个酒壶配套的不大不小的陶瓷圆肚小酒盅。幸子太太把这些碟、钵、盅的颜色统一为米黄色，无漆家具、米黄色餐具

和半白的宣纸毛笔字俳句形成一种和谐的色调，古朴幽雅，演绎着日本人那种大朴不雕、真金不镀的美学。

幸子太太把这套餐具轻轻地按一定的位置摆在我的桌上，然后把烤鱼翅放进陶瓷酒盅，再端起烫好的日本清酒，往酒盅里倒了七分满的酒，顿时一股烤鱼翅的矾香与清酒的醇香飘然而起。幸子太太亲切地说："烤鱼翅清酒调好了，您请慢用吧！"

我轻轻地端起米黄色酒盅，浅浅地抿了一小口，一股小时候在故乡鼓浪屿海滩闻惯了的海风熏、太阳晒的海苔的矾味，以及日本清酒的醇香，不可思议地汇成那遥远故乡的久违的味道，顿时产生一种说不出的浓芳馥郁的舒畅，心里泛起温馨的怀旧之情。我一直以为，好酒不在度数，更不在品牌，只在于酒的醇香是不是可以唤起你某种不期而遇的邂逅、某种精神上的喜悦、某种深长的韵味。为什么欧洲人喜欢在说晚安之前小饮几口白兰地？可能就因为白兰地的醇香让他们在梦里回到心灵的故乡吧。

我再咬一小口熏蛤蜊，哦，真是不可比拟的美妙，就像葡萄酒后的奶酪一样，抽象的思乡味变成具体的母亲的家常料理的味道。我情不自禁地对幸子太太点头说："真是太美味了，好像回到家的感觉！"

幸子太太反倒像欣赏着我似的，眼睛笑得像月亮一样弯弯的，看着我不住地点头。

幸子太太见我是第一次来的客人，就给我示范烧蛤蜊的用餐方法。她熟练地点上小铁锅下面的酒精灯，没有放一滴油，也没有撒一点调味料，把活的蛤蜊摆在小铁锅上面，盖上盖子，然后和我聊天。过了一小会儿，她恰到好处地掀起小铁锅的锅盖，这时一只一只的蛤蜊正在打开壳，露出里面白胖胖的脸。打开的蛤蜊壳，就如榻榻米壁龛上的日本俳句描写的那样，"恰似千帆启"。

幸子太太对我说："只要看到小铁锅上冒出蒸汽，就要马上打开盖子，在打开盖子的同时，里面蛤蜊的壳也打开，这是品赏蛤蜊的最佳状态，如果烧过头就不好吃了。"

这烧好的蛤蜊竟然也不必用任何调料，海水的自然咸味恰到好处，就那么吃，非常清爽可口，确实与浓香醇厚的鱼翅清酒成为妙不可言的佳配。

幸子太太一边和我讲话，一边帮我照看小铁锅里烧的蛤蜊。她的动作那么从容不迫，话语又那么亲切可人，我跟她说："我是中国人，这是我第一次吃日式蛤蜊料理。"

幸子太太听了后，突然眼睛一亮，说："虽说我们小店已经开了58年，可是还从来没有中国人光顾过，您是光顾我们小店的第一位中国人啊。不管怎么说，我总觉得我和中国有点关系，因为我家主人（日本女性称自己的丈夫为'主人'）曾经去中国打过仗。尽管那是罪恶的侵略战争，可是我家主人还是在中国生活了6年，时间比跟我一起生活过的3年还多出一倍呢。所以我见到您这位中国人，就感到说不出的亲切。"

之后幸子太太好像打开话匣子似的说起话来，说起了她自己的身世。原来幸子太太今年已经85岁了，我听了惊讶地瞪大眼睛，不禁再细看一下幸子太太，心中寻思幸子太太年轻时一定颇有姿色。

虽然幸子太太已经85岁了，但是一对单眼皮丹凤眼因为眼皮微微重垂，反而形成跨度很大的漂亮双眼皮。世界上单眼皮的女孩子年轻时很羡慕双眼皮的女孩子，但是年纪大了以后，往往是双眼皮女人羡慕单眼皮女人了。因为长年的地球引力作用，女人的眼皮都会微微重垂，单眼皮的重垂部分就正好造就成双眼皮了，可是双眼皮的女人就无可救药地耷拉着岁月的痕迹。上天就是这样公平地让我们有失有得。

幸子太太就是承蒙上天的恩赐，85岁了，一双单眼皮丹凤眼漂亮地长成双眼皮凤眼，使幸子太太看起来年轻20岁！幸子太太一定对自己的眼睛十分得意，细心修整了一对与这双眼睛相对称的弯弯细细的蛾眉，眉宇间虽然不难看出昔日的劳苦，却更增添了幸子太太的品位。

幸子太太对我聊起家常说："我家主人叫长谷川寿男，1939年新年刚过，就被政府征兵，去了中国参加战争。那时，我们才结婚3年。大儿子一岁零三个月，小女儿还在我的肚子里，那年我才21岁。"

我听后禁不住把目光投向吧台后面的男店主，他长得非常像幸子太太。我不禁问幸子太太说："莫非吧台后面的男主人是您的儿子？"

幸子太太笑着回答："是啊，您一眼就看出来。"

我也笑着说："嗯，刚才我还看他长得和您非常像，还以为他是您的弟弟呢。"

幸子太太很高兴地说："经常有客人这样误会，我儿子不高兴呢。不过他也67岁了。"

那边幸子太太的儿子接过话题说："这是我妈妈最自豪的话题哟。"店里的人听了都笑了。

我也跟着笑了。之后幸子太太接着说："我和我家主人是相亲结婚的，我结婚那年才17岁。结婚前我从没有见过他，我们是结婚以后才开始恋爱。主人对我来说，一半像兄长，一半像恋人，因为他比我大8岁。我第一胎生了个男孩子，他高兴得每天唱歌，孩子睡觉前，主人一定会轻轻地吹口琴，一直到孩子睡着。"

我说："哦，那时候流行口琴吗？"

幸子太太说："不，那时候流行的是日本传统的三味线，只是我家主人念过书，会一点洋玩意儿吧。主人的口琴吹得可好了，是那种低沉的、娓娓动听的双重音……"

这时吧台那边的一组客人要结账回去了，幸子太太对我说："请等一会儿。"就去赶到玄关前送客人。客人临走时，其中一位客人对我说："你这一来，独占幸子太太了，下一次留给我们一点时间呀。"

我忙欠身笑着说："那真是对不起啦。"幸子太太更是高兴得眼睛笑得像月亮一样弯弯的。

送走客人后，我说再要一份烤鱼翅清酒，但幸子太太却劝我说："第二份你就只要清酒吧，不必再要鱼翅了，继续兑刚才的烤鱼翅喝，味道依然可口。"

我感谢幸子太太很为客人的钱包考虑。于是幸子太太为我烫了第二壶清酒端来，给我倒进刚才放有鱼翅的酒盅里。喝一口，果然香味不减。

幸子太太接起刚才的话题说："我家主人离开东京时，上面命令除了军队配给的东西之外，尽量不带私人物品。我记得，我们苦苦筛选，最后主人只带了那只口琴和一叠新的明信片。因为当时军队发出的信件都要拆信检查的。与其让上面拆信检查，还不如用明信片，还能快一点寄到家。主人临走时向我保证说：'我一定活着回来。'"

说到这里，幸子太太深深叹一口气，眼睛里泛出泪光，我想幸子太太的丈夫一定没能活着回来。幸子太太接着说："自从主人从军的第二天开始，我就天天盼望着主人的明信片。他的明信片几乎就两个话题，一个是想念孩子，一个是挂念我。因为主人走的时候，大儿子还不会说话，女儿还没出世，主人虽已为人之父，却没有听过孩子叫声'爸爸'，老是问孩子会叫爸爸了吗？可怜等孩子们会叫'爸爸'的时候，他爸爸却听不见了……"

我也叹气说："日本老百姓也是战争的受害者啊。那么您的主人后来怎么样了？"

幸子太太说："我家主人没有回来了，但不是死在中国，而是死在苏联的西伯利亚。我们战败投降后，很多士兵作为俘虏被苏联带到西伯利亚去做苦力，主人后来就死在西伯利亚了。据说被带到西伯利亚的日本兵，有一半都死在那里……"

说到这里，幸子太太流下了眼泪，她掏出手帕擦去眼泪，才继续说："我家主人没有实现与我的约定，没有活着回来。我非常思念主人，等我知道主人已经不在人世以后，我为了让孩子们对他们的父亲有一个认识，就用钢笔一个字一个字地把主人用铅笔写的明信片誊写了一遍，一共有94张明信片。唉，也真是怪，这个'94'是非常不吉利的数字。我们日本人最讨厌'9'和'4'这两个数字，因为'9'的发音与'苦'一样，'4'的发音和'死'一样，他应该在发第93张明信片时就停下来啊。一想到他最后一张明信片是第94张，我总要流下眼泪，就像日语的发音一样，可怜他一定很苦地死去啊。"说着幸子太太又不禁流下了泪水。

我不无感慨地对幸子太太说："比起其他战争孤儿，您的孩子们至少还有他们父亲留下的一沓明信片，能够有有形的纪念物啊。那时候中国的战争孤儿都是父母双双受难，顷刻间被夺去他们的所有记忆啊！"

幸子太太点头说："都说中国人善良，真的是啊，您没有怪罪我。听您这么说，我心里也很难过。我家主人到中国去打仗，中国人受到很大的伤害。战争真是罪恶的东西……"

我看幸子太太非常伤心，就转个话题说："前几年，在日本NHK（日本广播协会）电视台，有一个从战争遗物反思战争的节目，您也可以把您主人的明信片公开出来，让大家反思战争啊。"

幸子太太同意我的话，说："是啊，我也想在我有生之年，提醒我们的后代不要忘了那场战争。其实，主人还有一样东西留给了孩子们，就是那只口琴。主人死后，他的战友被从西伯利亚释放归国，带回了主人的口琴。这位战友家在九州，为了把这只口琴交给我们，他特地赶到东京来找到我。他的战友告诉我们说，我家主人在中国打仗的时候，从来没有吹过口琴，可能是因为战争的紧张残酷，无法打起精神吹口琴吧。但是在西伯利亚当俘虏时，我家主人每天劳役回来后都吹口琴，怀念我和孩子们。据说他吹的曲子，全都是出征前在家里吹给大儿子听的童谣：《故乡》啊，《红蜻蜓》啊，《七只小乌鸦》啊，《荒城之夜》啊，等等。和他一起的日本俘虏，每次都被他的口琴声吸引，围到主人的身旁，一边流眼泪，一边朝着东方默默祈祷家人的平安。可惜一场伤寒夺去了主人的生命，不，应该说是战争夺去了主人的生命啊！"

听到这里，我不禁为幸子太太的身世感叹，又多喝了一点酒。等我向幸子太太下单第三壶清酒时，幸子太太却很亲切地阻止我说："今天不是周末，您明天还要上班，不要太累了哟。"她就给我换了一杯日本绿茶。日本餐馆的茶水是免费的，我再次感到幸子太太是一个很慈祥的生意人。

幸子太太一边看着我喝茶，一边继续说："战败时我27岁，带着两个幼小的孩子开起了这个小小的蛤蜊料理店。因为蛤蜊是很便宜的海鲜，进货价比其他海鲜都便宜，我们孤儿寡妇做这种蛤蜊料理勉强支撑得起。"

我暗暗赞叹幸子太太真是了不起，一个独身女人独自抚养两个孩子，真是不容易。现在日本政府对单亲妈妈有经济补贴，日子还好过一些。那时候日本政府战败，根本没有钱，更没有什么补贴，一个女人要想抚养两个孩子，真是太难了。

幸子太太接着说："我不断改进蛤蜊的烹饪花样，又得到街坊邻居的同情，大家尽可能来光顾我们这个小店，我才得以支撑起这个小店，养活我们一家三口人。"

说到这里她舒了一口气，我也为她熬过苦日子感到欣慰。幸子太太继续说："现在我儿子主持这个店，我女儿嫁出去了，不过每天还来店里帮忙4个小时，算是打短工吧。我呢，已经习惯了工作，虽说年纪大一些，还是每天来店里上班。算起来，这样的工作我已经做了58年了，已经习惯了，反而一天不工作就浑身不舒服呢。"

幸子太太的话，非常自然地表达了一个女人、一个母亲的感受，似乎超越战争、国籍、民族，从一个女人的角度、一个母亲的角度怀念她的青春和短暂的幸福生活，也无奈地回忆一个人把两个孩子拉扯大的漫长艰辛日子。

幸子太太一个蛤蜊一个蛤蜊地精心为我炙烧，像母亲一样亲切地看着我，对我的每一口进食都眯着眼睛欣赏。我说一句好吃，她就把眼睛笑得像月亮一样弯弯的。我感觉好像多年以前就认识她似的。

那天回家前，我对幸子太太说："为了纪念今天的缘分，我想请您把我今天吃的蛤蜊壳给我留下一个做纪念，可以吗？"

幸子太太高兴地说："用我们日本人的说法，您这是懂得'风流'哟。那么您从今天吃的蛤蜊壳中间取一个，我帮您做一个彩绘蛤蜊！"

我惊喜地说："哎呀，我'风流'吗？这还是第一次有人说我'风流'呢。不过您把就要扔掉的大自然的东西做成彩绘摆设品，不是更加'风流'吗？"

幸子太太听了也大笑起来。我们两个女人互相夸奖，不亦乐乎！这里顺便解释一下，日本人所说的"风流"，与我们中国的"风流"意思不一样，一句话很难概括，可以这么理解日本人说"风流"的意思，那就是："超越世俗的框框套套，追求极致的自然美与自然情趣。"

我挑了一个最大的蛤蜊壳交给幸子太太，幸子太太马上拿到吧台后面去做清洗处理和彩绘制作。大概过了30分钟，幸子太太双手捧着蛤蜊彩绘过来。那真是漂亮极了，时令正是深秋，幸子太太在蛤蜊壳上贴了日本秋天的七种花草彩图，用毛笔写上小小的可爱字体——"秋之七草"。在蛤蜊壳底座，贴上秋天的枫叶彩图，用毛笔写上小小的"招福"两个字，把那份热爱大自然的"风流"气质发挥得极情尽致。

幸子太太做的蛤蜊彩绘

我接过这份珍贵的手工礼品，心中充满一种无法形容的喜悦，再三道谢之后，与幸子太太依依惜别。之后幸子太太做的蛤蜊彩绘，就一直放在我东京家里客房的玻璃柜里，还不时得到客人们的赞赏。

　　从那以后，我每次路过新宿，只要是傍晚就一定去她的小店。幸子太太也一如既往无比亲切地为我摆弄小铁锅，调制烤鱼翅清酒，和我聊天，看我吃饭，眼睛笑眯眯的，像弯弯的月亮。

　　我每次到中国出差回来后，第二天一定会去她的店报到，给她带去中国的薰衣草。因为她说过她保持年轻的秘诀，一是坚持工作，二是坚持喝花草调配的茶。我在日本工作以后，也一直喝着薰衣草茶，所以我就在给自己买一份薰衣草时，也给幸子太太买一份，送到她店里。我觉得淡紫色的薰衣草特别像这位不平凡的母亲，幽香、坚定、浪漫。

　　今年国庆节连休假，我从中国回到日本，第二天我揣着一小包薰衣草兴冲冲地又去幸子屋。我一路想着幸子太太见到薰衣草那个笑眯眯的像月亮弯弯的眼睛，心里暖烘烘的。在距离店门20米左右，我突然发现店铺的哪个地方与以前不一样，一时又想不起是哪里不一样；再走近至10米时，突然心里"咯噔"一下，我突然发现今天这个店与往常不一样的地方：店门上那画着两个大蛤蜊图案的靛蓝色暖帘不见了，那盏红灯笼也不亮了，这在日本意味着店铺今天不营业。

　　但幸子屋是星期天不休息的呀，连新年也没休息过，一种不祥的预感使我心里有点慌。为了打听消息，我进了隔壁的居酒屋，一边看菜单，一边迫不及待地问起这家店老板："隔壁的幸子屋怎么休息了？"

居酒屋老板看着我，叹口气对我说："您是幸子太太的常客吗？蛤蜊店的幸子太太两星期前突然去世了。"

我简直不敢相信自己的耳朵，吃惊地问："怎么会呢？上次我来时，她还是一如既往地健康呀。"

居酒屋老板说："是啊，她去世的前一天还在店里工作呢。不过听说，她最后的一句话是：'我终于可以去见我的主人了！可是我的主人他还那么年轻，我变成这么一个老太婆过去，会把他吓一跳吧。'幸子太太似乎是很幸福安详地在两个孩子和六个孙子的守护下，慢慢合上眼睛，找她的主人去了。"

听到这里，我想到上次出差前匆匆忙忙只在幸子屋待了一个小时，那竟成永诀。想到再也看不到幸子太太那笑眯眯的像月亮一样弯弯的眼睛，不禁潸然泪下，顿时觉得一种无名的寂寞袭来，一种说不出的惆怅笼罩全身。

我将薰衣草托给居酒屋老板，请他转交给幸子太太的儿子，把薰衣草供奉在幸子太太的灵台前，愿她在天国与她的主人一起，悠闲地喝薰衣草茶，永远年轻，永远相爱，永远不再分离。

2011年

许多巧合，走着走着，就变成自己的故事

——意大利记者玛利亚·克里斯蒂娜访元山里子

时间：2021年6月17日

人物：元山里子（下简称"元"）

　　玛利亚·克里斯蒂娜（Maria Cristina Buoso，意大利作家、记者、文学博主，下简称"克"）

　　雪莲（意大利汉学家）

[本文是《人间幸不幸》意大利语版（名为《幸子太太眼中的幸福》）出版时，应意大利记者之约的访谈，由费沃里·皮克翻译。]

克：如果我来您的卧室，我会在您的床头柜上看到哪种类型的书籍？

元：您将会看到世界名著的翻译书，比如托尔斯泰的《战争

与和平》《复活》《克莱采奏鸣曲》，不过没有《安娜·卡列尼娜》，因为我不能理解安娜舍去可爱的孩子与一个花花公子出走，也不想去理解。《克莱采奏鸣曲》虽然也是夫妇出轨，但是他们把孩子拉为自己的同盟，他们至少在乎孩子。

当然，还会有雨果的《悲惨世界》和《安徒生童话集》，及苏联的尼古拉·奥斯特洛夫斯基的《钢铁是怎样炼成的》、卡夫卡的《饥饿艺术家》等。而我最喜爱的是狄更斯的《大卫·科波菲尔》，不过我摆在床头柜上的不是中文版，而是日文版，是我当年从在日本工作的第一个月的工资里拨出零用钱买的。我一定要把以前看过中文版的《大卫·科波菲尔》再重新看日文版，因为我实在太喜欢了。狄更斯的《大卫·科波菲尔》没有日本小说的物哀，把可恶的人写得让你觉得情有可原，把可怜的人写得让你恨铁不成钢，充满了人文主义。

我喜欢外国小说，有两个原因：一个是外国名著有一种挥之不去的悲悯，另一个是外国小说有它独特的文体，一看就知道是翻译过来的。翻译的文本与中文不太一样，用词也很有特点，就好像在读另一种语言。

我对语言有一种敏感，北京人的普通话与上海人的普通话氛围是不一样的。我成长的地方鼓浪屿的方言是闽南话，与普通话很不一样，就像是另外一种语言，自然思维也不一样。当我讲闽南话的时候，我就像突然变成另外一个人，说好听一些是变得接地气了。就像我用日语写小说时，我会突然变暧昧起来，一个事情绕来绕去的，舍不得下结论。

克：您的手提包里有书吗？

元：我的手提包里没书，因为我不习惯有别人在场时看书。一方面我看书需要精神集中，另一方面我是一个泪腺发达的人，动不动就会流眼泪，不好意思在有人的地方流眼泪。

克：您更喜欢纸版的书还是电子书？

元：我更喜欢纸质的书，这个可能跟我的年龄有关，在我50岁以前，我都是看纸质书的。看电子书还有一个障碍——关上电脑，就好像这本书不存在了。所以，我很少看电子书。不过我喜欢推荐朋友们看我的电子书，因为那便宜多了，可以心安理得地推荐。

克：您看过漫画吗？（日本漫画很有名）

元：我看过日本漫画，但是不喜欢最近流行的漫画。因为日本漫画把女孩子都画得很夸张，一个个长着西洋脸，千篇一律，没有了日本文学里的静谧。

克：您喜欢去电影院和剧院吗？您喜欢看什么？

元：我很喜欢。但在东京去剧院要有朋友一起去才比较体面，长期以来，我没有那种可以一起去剧院的朋友，不管是男朋友还是女朋友都没有。

1983年到1987年，我住在早稻田大学民办学生宿舍，旁边有一家电影院，专门播放旧电影，而且都是名著改编的。我几乎每个星期天都去那里看电影，看了很多西方名片，如《简·爱》《飘》。

在那里第一次看电影《教父》，非常震撼。当时我刚刚从中国来到日本，对资本主义社会还不了解，只是被电影里的画面惊艳了，每个镜头，都像一幅油画，室内的家具和陈设物呈现复古调，典雅、厚重、贵气，那是我在中国时没有的、日本当时也不多见的西洋复古调家具。里面的服装也是我憧憬的，把人的肉身与人的精神最完美地呈现出来，强悍、残酷的教父却不失风度和精致。

过了31年，2019年5月我特地去找早稻田大学旁边那家电影院，没想到依然在老地方，还是那个老样子，情不自禁感慨日本电影院依然很有人气，不然怎么可能30多年岿然不动啊。

克：您喜欢看电视吗？哪些电视节目最吸引您？

元：我喜欢看日本NHK的历史纪实片，比如关于希特勒的独裁始末的纪录片、美国从肯尼迪政权的诞生到肯尼迪被暗杀的纪录片、日本第二次世界大战投降后的盟军驻扎纪录片等。

我也喜欢看日本长寿访谈节目《彻子的房间》。这个节目是我来日本以前就有的，从1976年2月2日第一期开始一直到现在45年了，已经超过11000期。差不多每天一场访谈（星期六、星期日休息），访谈对象是人气作家、电影明星、作曲家、导演、著名文化人等。我看到的上过《彻子的房间》的中国人有两位，一位是女演员刘晓庆，另一位是旅日华人女作家杨逸。

克：您什么时候开始写作？为什么？

元：我的写作开始得很晚，2002年我一边经营一家小公司，一边写小说，在日本出版我的处女作——长篇日语小说《XO酱男与杏仁豆腐女》。那时候，我与日本的中国人文学圈还没有联系。有一天，一位我丈夫在中日友好活动中认识的湖南人记者欧阳先生，给我家寄来一份《中文导报》，里面有一个文学栏，登着一篇署名张石的文学评论文。一看，其内容居然是评论我的日文小说。我非常高兴，通过欧阳先生知道张石先生是这家报纸的副总编，我写信给他表达感谢，他和女编辑杜海玲女士还来我家，鼓励我用母语中文写文章投稿。

慢慢地，我在这家报纸陆续发表了不少散文、随笔，无形中为我后来写书磨炼了文字功夫，积累了素材。

克：您写的是什么文学体裁？您为什么选择这种体裁？

元：我写的体裁，不论是散文、随笔，还是传记，都属于非虚构文学。为什么选择这样的体裁，说起来是比较私人隐秘的执着。

这次托费沃里·皮克老师的福，《幸子太太眼中的幸福》在意大利可以出版，成全了我的"东瀛物语"三部曲。

我的三部曲的第一部《三代东瀛物语》是写我父亲年轻时去日本留学，及那之前我父亲的义父去日本留学，后来我也去日本留学的故事，正好是三代人与日本缘分的故事。

我父亲1950年从日本带我母亲回中国以后，经历了多次运动。他很少在别人面前说起日本留学的经历，我母亲甚至不敢跟我们四兄弟姐妹讲日语，在日本时的和服照片也都烧掉了，怕出事。我小时候也不太清楚我母亲在日本故乡的事情。

我来日本前一年（1982年）才比较系统地听我母亲讲他们过去的事情。来日本后，我萌生了写我父母亲这些不太为人所知道的往事的想法。他们虽然很平凡，但是，在他们身上浓缩了一代人的艰难和成就。真人真事，可以折射时代的风雨。

第二部《他与我的东瀛物语——一个日本侵华老兵遗孀的回忆录》是写我丈夫在第二次世界大战时作为少年兵被日本政府派到中国战场的前前后后的故事。也用不少笔墨描写我与丈夫从相遇到结婚，到送他终老。

这里也有我的一个隐秘的执着。因为我比丈夫小35岁，很多中国朋友都误会，说我是贪图钱财，我一直有口难言。通过写这本关于丈夫的纪实文学，把我们的真实故事告诉朋友们；也从一个战场上士兵的角度，来述说日本侵略中国的历史。

大多数日本侵华战争题材的文学作品，都是中国作家写的。我把我丈夫元山俊美这个士兵的亲历写出来，让他作为加害者与被害者双重身份出场，历史就更加立体了。

第三部《幸子太太眼中的幸福》，是写我身边的日本人的故事。他们在不同的时间，以不同的形式，与我亲切地来往，给了我难以忘怀的温暖。我因为跨越中日两国文化，在日本看到的也许与日本人不一样，我希望通过我的亲身经历，让更多人知道日本民族的优秀品格。

克：您是一位双语作家，你出生于中国，父亲是中国人，母亲是日本人。有不同国籍的父母，感觉如何？

元：小时候，我并不知道母亲是日本人，她从来不说，平时也用中文名字。她不敢跟我们说日语。一直到我小学三年级（9岁）的时候，有一天同学来我家里玩，第二天就在班级传开了，说我母亲说话像母鸡啄米粒，一直点头。

小孩子天然地在意同龄人的感受，同学的议论使我突然发现母亲很多与众不同的地方。比如说话轻声慢语，发音很不准确，走路一条直线，没有亲戚来往，经常与爸爸讲我们孩子不懂的话（后来才知道是日语），等等。父亲像长辈一样呵护母亲。可能因为出身背景不一样，母亲在中国一直处于不安的状况，我们四个孩子无法帮助母亲，只有父亲可以帮助母亲。

父亲保护母亲采取的方法很特殊，他放弃离他的家乡比较近的北方名牌大学，来到远离政治中心的南方重点大学（厦门大学）任教授。最初住在厦门大学里面的宿舍，为了母亲，1953年父亲把家又搬到远离厦门大学的鼓浪屿。父亲宁愿自己每天渡海，乘公交车去厦门大学，也不愿意母亲在气氛紧张的大学校园里生活。因为父亲的英明远见，母亲没有受到运动影响。这在那个时代可以说是一个奇迹。

因为母亲在中国举目无亲，事事依赖父亲，有几次厦门大学想聘请母亲去教日语，都被父亲挡住。父亲知道母亲不习惯中国的大环境，让母亲避开所有社会活动，远离政治。我们四个孩子，在中国普遍双职工家庭的环境里，享受母亲全职家庭主妇的抚养，非常幸福。每一天，母亲总是温暖地等待着我们，母亲给我们家带来永远的温馨和爱。

父亲的稳重和母亲的慈祥，父亲的行动力和母亲的包容力，不同文化背景的父母，那么和谐地相濡以沫。长大以后，我们在不知不觉中，既热爱中国，也热爱日本。

克：您的童年时光是在中国的鼓浪屿度过的。您能给我们讲讲那个地方吗？您能发几张照片吗？谢谢。

元：我出生在中国鼓浪屿，那是一个四面环海的小岛，面积不到2平方千米，人口约2万，有"海上花园""万国建筑博览会""钢琴之岛"之美称。岛上不允许骑自行车，当然汽车更不能上岛，因此环境优美，气氛幽静。

1902年1月10日，英国、美国、德国、法国、西班牙、丹麦、荷兰、瑞挪联盟、日本驻厦门领事与当时统治中国的清朝当局在鼓浪屿日本领事馆签订《厦门鼓浪屿公共地界章程》，鼓浪屿成为公共租界地。在此前后，陆续有英、美、法、德、日等13个国家先后在鼓浪屿岛上设立领事馆。

1898年英国牧师韦玉振夫妇创办的中国第一所幼儿园现貌

在那个时期，有很多西方传教士

许多巧合，走着走着，就变成自己的故事

来到鼓浪屿，他们建立的学校对中国现代教育有重大影响，例如，1898年，英国牧师韦玉振与夫人韦爱莉在鼓浪屿创办的"怀德幼稚园"，是中国第一所幼儿园（现已更名为日光幼儿园）。我就是在那里开始我的读书生涯。

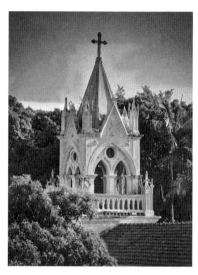

鼓浪屿天主教堂

2017年7月，鼓浪屿被列入《世界遗产名录》。由于鼓浪屿的优美环境和丰富的文化生活，很多华侨资本家在鼓浪屿投资建别墅，其中最著名的是黄家花园。

我就出生在鼓浪屿黄家花园，在黄家花园度过我人生最初的三年。说实在的，所有的孩子都一样，三岁的记忆是遥远而模糊的，但是所有孩子都或多或少有自己独特的记忆。有的男孩儿对母亲的乳房记忆犹新；有的女孩儿对父亲的胡须念念不忘。母亲的乳房和父亲的胡

元山里子出生在鼓浪屿黄家花园，1955年至1958年住在这里

人间幸不幸

须，是母爱和父爱的符号，就是那个男孩和那个女孩最初的文学记忆。

我也有一个历历在目的记忆——不是母亲的乳房，也不是父亲的胡须，而是院子里的榕树。我奇怪自己多年来，一直在梦中看到榕树，原来，那是我来到这个世界时，鼓浪屿黄家花园的风景。这就是我的最初的文学记忆。

1958年至1983年元山里子住右前拱门里（吴米纳 摄）

1958年我们与黄氏家族一起迁出这所花园别墅，厦门大学分配我们住到鼓浪屿原日本领事馆。

我家就住在左边照片右前拱门里，里面是纯日本式格局，一个大玄关、两条走廊、两间卧室、一间客厅，卫浴和厨房以外还有一间用人住的小耳房。卧室原是榻榻米房间，我们住的时候已经没有榻榻米，变成木头地板。主卧室里还有日式壁龛，小卧室有日式壁橱。我1983年去日本留学时，在东京已经很少看到这样纯日本式的房子了。

小时候，同学到我家玩，都说我们家很奇怪，睡在舞台上。因为榻榻米比走廊高出20厘米，中国没有榻榻米草席，我们就把床放在榻榻米木板上。同学以为我们故意搭了一个舞台。

许多巧合，走着走着，就变成自己的故事

1997年，我已经在日本生活14年，但是父母还住在这里。因为原日本领事馆的历史和建筑的特色，被评为国家重点保护建筑物，我们又迁离这个居住处，搬到我为父母在厦门购置的房子。

　　童年时，我住在这个纯日本式的房子里的时候，做梦也想不到我将来会去日本，更想不到会嫁给一个日本人，还为他写下一本传记，这是一个历史的巧合。

　　人生就是这样，许多的巧合，走着走着，连接起来，就变成自己的故事吧。

　　克：您在东京住了30年。在这座城市感觉如何？有照片吗？

　　元：东京是一个快节奏的大城市，我非常喜欢。比起女性化的京都来说，东京更加男性化，这就要求女性比别人努力。

　　实际上我在东京的日子，已经远远长于我在中国的日子，我觉得我很适应这个城市，因为我喜欢工作，喜欢交朋友，也喜欢一个人去休闲酒吧。

　　东京的节奏和规模使得东京的生活非常去性别化。比如在日本的小城市，女性很难一个人坐在酒吧柜台前，慢慢看酒保做鸡尾酒，慢慢与酒

日本皇宫

人间幸不幸

作者在东京井之头恩赐公园赏樱花

保聊天，这被认为不合适；而在东京，女性可以这样做。所以，东京的张力很大，因为它没有什么限制。

我喜欢东京的另外一个原因是它除现代化高楼大厦以外，还保留很多自古以来的原始风景和建筑物，比如著名的皇宫、赏樱胜地井之头恩赐公园等。这些地方古朴、沧桑，与繁华的东京形成鲜明的对比，使东京具有古代与现代融合的景象。我周末经常会去公园散步，纾解一周的疲劳。

克：您能告诉我们中国和日本之间的主要文化差异吗？

元：这个话题很大，我先说两个我个人的日常观察。

第一，日本人讲究"一致性"，中国人讲究"突出"。

日本的公司职工自觉地开品牌不超过上司的车，虽然都是自己的钱买的车，但是日本人不习惯突出自己，也希望别人与自己一样。日本人安分守己，如果有谁享用超过自己身份的奢侈，就会引起大家的不满。

我因为个子高，喜欢大的东西，比较喜欢美国车，1999年我

许多巧合，走着走着，就变成自己的故事

买了一辆凯迪拉克。有一次我和客户一起去中国出差，公司的司机开凯迪拉克送我和客户一起去国际机场。在车上，客户问我这个车真神气，是谁的。我隐瞒了是自己的车，说是租来的。因为东京车库很贵，一个车位一个月要450美金左右，很多人自己不愿意买车，出门时去租车，所以，我这样说也很自然。

但是我们到达机场后，司机开车回去时，不小心问我车要开回公司停车场还是我家停车场，结果暴露了。客户很惊讶，再次问我这辆凯迪拉克是不是我的，我只好回答"是"。

出差回来以后，这位客户就没有给我们公司订单了，因为我们不应该有比客户"高"的做法。我们应该坚忍克制才能得到客户的信任。

而在中国情况完全相反，如果你开一辆凯迪拉克去客户那里，客户一定对你的经济实力感到放心，更愿意跟你做合作伙伴。中国人讲究"突出"。

第二，日本人不爱讲哲学，中国人很爱讲哲学。

哲学是一门思辨的学问，日本人不喜欢，他们很少互相讨论哲学。哲学到最后好像都要有一个结论，但是，日本人不喜欢绝对的结论。所以，他们的语言不直接说"不对"，而是用否定疑问句说"不是不对吗"。

哲学说到"矛盾"，中国人认为"矛就是矛""盾就是盾"。但是日本人会说"矛有时候是盾""盾有时候是矛"。比如"善恶"是一对矛盾，中国人多数认为"善就是善""恶就是恶"，善恶分明。而日本人差不多认为"善中有恶""恶中有善"，不是黑和白，而是灰色。

日本的小说里，没有完全的坏人，也没有绝对的好人。中国传统的小说中，坏人就是坏人，好人就是好人。

还有很多，今天先说这两点。

克：您现在住在哪里？

元：我现在离开东京，住在日本中部名古屋旁边的一座古城，叫桑名。

桑名在日本历史上是一个富饶的运输要道，是京都到东京的中间点，古时候做买卖的人、运输物资的人都会在桑名歇脚。有一个相当吞吐量的海港，海港边沿有很多客栈，作为西日本与东日本来往的交接地，活力十足，也诞生了一些富商。

从东京到桑名后，我最吃惊的是，这里富裕人家的门面是东京无法比拟的规模。比如我家附近有一个富商，他家的门前居然是通向大海的水路，木船可以直接开到他家门口。当然，随着日本铁路的修建，人们不再用水路运输，但是那个水路通道依然保留着。第一次看到时我大吃一惊，真是天外有天啊。

我从东京移居到桑名，说起来也是命运。我曾经遭遇车祸，那时候乘车前往大阪，从高速公路上被救护车运到最近的医院，恰好是桑名的一所综合医院。我在那里度过最关键的一个星期，后来被桑名那家医院的院长介绍到名古屋市更大的医院，进行脊椎手术。我一直念念不忘那家桑名医院，后来选择迁居到桑名。

我理想中的人生，就如古代汉语成语"狡兔三窟"说的那

许多巧合，走着走着，就变成自己的故事

样，我认为人生有三个居住地最好。这三个居住地将伴随着自己的三个人生阶段。

第一阶段是出生成长的阶段，那必定是故乡；第二个阶段是工作和生活的阶段，那必定是大城市最好；第三个阶段是为自己的兴趣，可以做自己喜欢的事情的地方，对我而言必定是被绿色包围的相对安静的乡下。

最初的故乡，不可能自己决定，是父母之缘；第二个大城市和第三个乡下，是可以根据自己的意志来决定的。

我的第一个居住地就是故乡鼓浪屿，第二个居住地是东京，第三个居住地是桑名。而桑名，是我车祸后选择的。我在这里获得第二次生命。

桑名古城

这三个地方我都很喜欢，所以三处我都有房子。感谢上天，让我与鼓浪屿、东京、桑名有缘分。

克：从时尚产业到文学界，您的生活经历和工作经验都很丰富。您能讲讲吗？

元：这个话题比较大，我今天就说说在时尚界的经历。

人间幸不幸

我小时候，很好奇我母亲的三个大箱子，那是母亲跟父亲从东京来到中国时带来的铝合金大箱子，是用二战后美军飞机的废料回收做的，结实美观。箱子里面装满很漂亮的衣服、首饰。但是因为那时候的大环境，母亲不敢拿出来穿，只是每年秋天让我们拿出来，放到院子里晒太阳，透风。

我小时候有一个梦想，长大后要穿这样漂亮的衣服。所以，我给自己定的职业规划是服装设计师。

为了这个目标，我还考进东京文化服装学院。这是日本最有名的时尚学校，日本著名设计师三宅一生、山本宽斋、高田贤三、山本耀司等都是从这所时尚学校毕业的。我一边读书，一边勤工俭学，毕业后留校做助教。

但是因为工资太低，而且几乎没有自己做设计的机会，两年后我辞掉学校的教师工作，到一家日本服装贸易公司工作，工资翻一番，也有很多自己设计服装的机会。

在这家公司，因为我会中文、日文和服装设计，我得到重用，往返东京、上海工作。可是日本泡沫经济破灭后，公司不景气，我被裁员，得重新找工作。

那时候我的年龄已经超过40岁，在东京，女性40岁就很难找到工作。在绝望中，我的丈夫告诉我，这是上天给我独立创业的机会。走投无路的我，突然看到曙光，匆匆忙忙地创业。最初只有我一个人。因为我的三个优势：懂中文、日文和设计，我很快有了客户，并在上海建立一家有150个工人的服装工厂。

在这期间，我遇到很多困难，也很幸运。慢慢地，我的生活有了一点余裕，于是，我开始在休息日和晚上写作。

克：您是否有特别喜欢的文学体裁或者特别爱拜读的作家、诗人？

元：我特别喜欢历史纪实文学，特别是家族史。因为东方一直比西方还强调集体，所以，个人家族史并不多。其实，所有国史，都是从个人史开始的。我特别喜欢日本的非虚构作家司马辽太郎（1923—1996），他的历史传记有的我看了三遍，非常喜欢。他不主观地否定一切，也不主观地赞成一切，没有假想的敌人，也没有主观的圣人，体现出最关键的是一个"真"字。

另外，我非常喜欢英国诗人雪莱，他的诗有很具体的美丽的田园、花圃的画面，也有严酷的大自然的画面。我不喜欢虚无缥缈的诗。

克：如果有机会与一名作者见面、聊天，您想和谁会面？

元：那一定是日裔英国作家石黑一雄。他也有两个祖国，一个是日本，一个是英国。他的血统是纯日本的，他的成长史是纯英国的，所以他的作品里并没有很多日本的故事，但是能够看得见日本元素。在这一点上，我偶然与他有巧合之处。我的散文里有很多日本故事，我的纪实文学大部分是发生在日本的故事，所以，我想请教他，如果给他重返故国的机会，他会如何选择？

克：谈谈您的祖父母。您和他们是什么关系？如果他们还活着，您想对他们说什么？

元：一般小孩子都与外公外婆比较亲密，可惜因为我母亲被父亲从日本带到中国后，与日本的父母亲渐行渐远，甚至长期不敢联系。在"文化大革命"时期，母亲怕牵连父亲，把在日本时拍的照片都烧掉了。我们甚至不知道外公外婆的长相。在隔断音信10年期间，外公外婆都离开了人世。这也是母亲一生的伤痛。

如果他们活着，我想用日语跟他们说我母亲在中国的故事，弥补他们失去的那段亲子团聚的时光。

我的祖母在我们还是小孩子的时候就离开人世了，由于父亲选择在厦门大学教书，与老家河北距离非常远，我几乎没有与祖父、祖母一起生活过。只在我和双胞胎妹妹17岁高中暑假的时候，到河北老家住了两个星期。那时候，我的哥哥姐姐被从厦门送到老家上山下乡，我和妹妹一方面去看望祖父，一方面也看望哥哥姐姐。

其间我经常听我祖父讲我父亲的童年故事。有几次，我感动得号啕大哭。我祖父总在我哭的时候说："你会成为作家，因为你很容易被感动，有一颗温柔的心。"

很多年后，我写了我父亲的传记《三代东瀛物语》，里面讲的我父亲童年的故事，都是17岁时听我祖父讲的。如果祖父还活着，我会带这本书去见他，跟他说："爷爷，谢谢您当年讲故事给我听，谢谢您的美好语言让我成为作家，这本书我想送给您。"

克：您和父母的关系呢？如果他们还活着，您想对他们说什么？您想带他们去哪里？

元：我和父母的关系非常好，但在我的人生中，也有一次做了对不起父母的事情。那是我与元山俊美结婚的时候，我没有告诉他们。

原因是，我在日本留学时，与早稻田大学的德国留学生格尔罗恋爱，那是我的初恋。后来我们想结婚，但是必须向德国驻日本领事馆提交我的未婚证明。我写信向母亲汇报并希望母亲帮助我取得未婚证明（1984年我还是中国国籍）。母亲大吃一惊，坚决反对。母亲的理由是她不愿意看到女儿重新走与她一样的道路，嫁到举目无亲的国度，寂寞害怕地过一生。那时候（1984年），中国还不够开放，母亲希望我在她的故国日本一直生活下去，不要去我们不熟悉的德国。结果，我的德国男朋友留学毕业，就回德国了。虽然我们还一直通信来往，但是远隔千山万水。他后来也与德国女孩子恋爱，但是没有结婚，现在还是独身。我们还保持着联系。

因为我母亲反对过我的这场初恋，我害怕母亲也会反对我与元山俊美结婚，就自己偷偷回到厦门，自己去办了未婚证明。

这件事情，我母亲很不高兴，但是元山俊美与我去厦门时，母亲觉得元山俊美是一个可以信赖的人，也就不再说什么了。

如果我父母还活着，我会告诉他们，瞒着父母是我人生中唯一的一次背叛父母，对不起。后来，父母默认了我们的婚姻，我非常感谢！

（关于我的初恋及母亲的反对，在我的《三代东瀛物语》里有详细描写。）

克：您如何看待男女之间的友谊？您有好朋友吗？

元：我认为，男女之间是一定可以有永恒的友谊的。我与初恋的德国男朋友，以及在我丈夫去世后与之恋爱过的松冈先生，虽然都没有走进婚姻殿堂，不过我们一直到现在都保持纯洁的友谊。他们两位都是我的好朋友。

初恋的德国男朋友后来也来日本看望我，与我们公司的员工和我一起去泡温泉，度过愉快的假期。

现在我去东京时，都会与松冈先生见面，喝酒聊天。

克：如果您能回到过去，您会选择哪个时代？想去什么地方？跟谁会合？为什么？

元：可能的话，我想回到童年，回到鼓浪屿无忧无虑的童年，回到大自然的中心。与大院子里的邻居小伙伴们会合，穿上泳衣，和小伙伴们一起在涨潮的时候信步行走在水中央。再从鼓浪屿海滩游泳到海中央一个露出海面的叫"印斗石"的岩石群，在那里抓躲在岩石缝里的小螃蟹和海蛎子，带回家。

小时候，带回去的小螃蟹和海蛎子，母亲会用来给我们煮海鲜烩饭。那是我最幸福的时候。

克：您将来打算写别的文学作品吗？

元：我会一直写下去。其实已经写好了两本纪实文学，但是因为各种因素，两部都还没有出版。

这两部作品中，一部是写一个具有俄罗斯与中国血统的家族五代人的故事，也是百年家族史。跨国的悲欢离合，跨国的亲情残缺，还有跨国的美丽恋情。

另一部是以一个小孩子的眼睛看中国的故事，没有那硝烟滚滚，只有孩子天真的疑问。

现在我正在写我的第三故乡——日本古城桑名的日本人的故事。

今后还打算写一部长篇小说，素材是我公司的日本职员从入社到成长，到与中国厂家联手起来带走我的客户，成为我的商业竞争对手的故事。我认为这也是商业必然规律，是一种生存的喜悦与痛苦。

克：您想给您的读者们送什么礼物？

元：我想用日本的毛笔，写一首日本的俳句作为礼物送给读者。

克：如果可以安排去一次旅行，您想去哪里？为什么？

元：我想去德国，看看37年前，本来要作为德国小伙子的新娘去而没有去成的地方。看看我的德国朋友最喜爱的德国古老的森林，看看令我的德国朋友非常自豪的莱茵河，并且去德国乡下

人间幸不幸

喝德国人做的家庭黑啤酒。当然也去看看我的德国老朋友。

另附：

雪莲：元山里子老师，您好，那名记者还想知道您现在在阅读哪本书，而且您是否阅读过意大利作家的作品？另外，她觉得您第一本书的书名非常独特。您为什么选择了这个书名《XO酱男与杏仁豆腐女》？

元：我现在正在系统地读中国女作家张爱玲的小说。她是一个神秘的作家，我很想通过她的小说了解她。20世纪80年代初，在我从中国来日本以前，中国市面上很少有她的小说。（可能因为她20世纪50年代就离开中国内地到中国香港，后来又到美国吧。）

我读过意大利诗人但丁的《神曲》，最初接触是听我父亲说的。父亲是在民国时期（1935年左右）的教会学校上英语文学课时读的英语版，父亲饭后会背诵几句英语，然后翻译成中文给我们听。后来我发现朋友家有这本书的中文版，就借来看，非常喜欢！

我第一部小说的书名是来源于小说主人公性格。男主人公性格像XO酒，喜爱豪华、奢侈，专门骗有钱的女性，去酒吧也一定会喝XO酒（当然是女主人公付钱）；女主人公性格像杏仁果做的豆腐，香甜、柔软、好骗。另外亚洲有一个暗喻，男人占女性便宜叫"吃豆腐"，一般亚洲人看到这个题目会联想到喜欢骗女孩子爱情、自己却过好日子的男人的故事。

感谢记者这么认真地听我的谈话，谢谢雪莲老师辛苦翻译！